野草物语

刘丽丽 著

文化发展出版社
Cultural Development Press

图书在版编目（CIP）数据

野草物语 / 刘丽丽著 . —北京：文化发展出版社，2018.11
ISBN 978-7-5142-2464-1

Ⅰ . ①野… Ⅱ . ①刘… Ⅲ . ①散文集—中国—当代
Ⅳ . ① I267

中国版本图书馆 CIP 数据核字（2018）第 249965 号

野草物语

刘丽丽 著

出 版 人 | 武　赫
主　　编 | 凌　翔
策划编辑 | 肖贵平
责任编辑 | 孙　烨　　**责任校对** | 岳智勇
责任印刷 | 杨　骏　　**责任设计** | 侯　铮

出版发行 | 文化发展出版社（北京市翠微路 2 号 邮编：100036）
网　　址 | www.wenhuafazhan.com
经　　销 | 各地新华书店

印　　刷 | 三河市华东印刷有限公司
开　　本 | 787mm × 1092mm　1/16
字　　数 | 190 千字
印　　张 | 13
印　　次 | 2019 年 1 月第 1 版　2020 年 2 月第 2 次印刷
定　　价 | 49.80 元
I S B N | 978-7-5142-2464-1

目　录

第二辑　彼黍离离，彼稷之苗

第三辑　南有乔木，不可休思

第一辑　野有蔓草，零露漙兮

萌芽季节来临

草木的萌发绝对是春天带来的最神奇的魔术。在鲁北平原，三月初的树丛和二月底的树丛相比，已经有了一些不易觉察的变化。对于经常深入林地的人来说，这样的变化是不难发现的。脚下的土壤逐渐变得松软，向阳的坡地上野菜开始冒出头来，风吹到脸上也不再尖利了。整个树丛虽然依旧延续着冬季的深灰色调，但是从远处看，树梢处已经可以见到一片朦胧的红色，仿佛温柔有加的眼眸，殷切地关注着这一季的新生。

空旷的林间偶尔传来几声山雀的鸣叫。河流解冻，天也渐渐暖了，它不必再瑟缩着窝在枝头聆听北风的教训。在春天小声的呼唤里，它是那个从一场大梦中逐渐醒来的歌手，它听懂了春天的言语。于是，伸了一个懒腰，转动一下灵活的颈项，然后它挺起自己的胸脯，像一个乐队领唱那样轻声吐口。在成群的候鸟尚未抵达的时刻，在无数新叶还孕育在襁褓中的时刻，它率先开始了自己的吟唱。音符顽皮地在枝丫间弹跳着，轻快、悦耳、通透，带着美妙的尾音。这样的歌声对于那些从冬日苦苦坚守到现在的生灵来说，都是一种莫大的安慰和鼓舞。

林地附近的河流旁边，我看见一对青年夫妇从车上下来，妻子牵着一个几岁的孩子，丈夫的手里提着一只鱼缸。他们在河边找了个可以落脚的地方，将缸中的几尾小鱼倾倒进了水中。他们举行了一个小小的放生仪式。小男孩看起来也就是两三岁，还不会对着一汪碧水表达兴奋之情，对自由，对恩情的领悟需要等到他再长大一些。但在一个早春的日子里，他曾跟随父母来到河边，做一件于人于己都愉悦的事情，相信这件事会留下一个模糊的影像，如同一个梦，在将来漫长的人生旅途中逐渐清晰。

我在树林间漫步，心情舒畅。说到“梦”，我的脑海里不禁盘旋起美国诗人艾米莉·狄金森的句子：

要造就一片草原
只需要一株苜蓿，一只蜂
一株苜蓿，一只蜂
再加上白日梦
要是蜜蜂少
光靠梦也行

文字与想象力足以创造一首诗，正如苜蓿、蜂与梦可以创造一片草原一样。狄金森在二十五岁的时候，拒绝一切社交活动，在家务劳动之余埋头写诗。她化繁为简，内心的领地却开始无限延展。如同一只山雀，在属于自己的林间为人们唱出优美的曲子，她写爱的萌动，爱的燃烧，爱的丧失，她写自然，写家园，她爱生活和生命，她也写死亡和失去。埋头写诗三十年，留下1800多首诗，公开发表的却只有七首。她深锁在盒子里的大量创作诗篇是她留给世人的最大礼物。在狄金森的笔下，大自然真切，细微，深沉。尤其这一首《草原》，每当想起它，灰蒙蒙的天空就仿佛出现了彩虹，让人看到人生的无限可能。

月初的几天温度比较高，温度最高的一天，达到摄氏二十几度。这样的温暖持续了一周左右。在林地边缘，在向阳的坡地上，一种野菜悄悄冒出绿色的茎叶。它的叶子青绿色，呈现披针型，在顶端攒聚起小米粒般的骨朵，开白色小花。细微的白色小花，成为照耀林地最初的星星。我曾经连续几年观察过它，发现在早春的植物中，它属于较早开花的类型；到四月份，抽出薹子，种子迅速老去，因此初步判断这是一种蒿类植物。这种野菜的样子类似砂引草，但不像砂引草那般有香气。关于它的名字，我曾经专门请教过附近的农夫，但他们都没有准确的答案。在他们眼里，这种野菜不能吃，也不祸害庄稼，算是比较低调的一类。至于叫什么名字并不重要。有一个农夫说“不认识”，有一个说叫“苦菜子”。再追问他，这种“苦菜”和开黄色小花的苦菜有什么区别时，他就说不上来了。在河流附近的聊天，不能因为一种不认识的植物而打断，所以后来我们就转换了话题。

一年又一年过去，我们依然叫不出许多植物的名字，但并不妨碍我们和它们随遇而安地共同生活了很多年。

林地之外，所见最多的就是荷锄的农夫。平畴沃野，麦苗逐渐返青，农夫们忙着浇地，忙着给麦苗松土。他们负责照顾整块田地，而肩膀上的锄头只给某一棵庄稼松土。它照顾的是它近旁的一棵庄稼或者一棵苗木。清晨，一个农夫扛着锄头走向田野，锄头与他同在，起到辅佐和监察的作用；庄稼只需要茁壮成长就可以。一把锋利的锄头，既温柔又严厉，这是金属的两副面孔，与贫瘠、怠惰的双重黑暗相对。通过锄头，人的力量传递给了大地。一种存在是为了自我更新而释放自己。

不要以为进了三月一切就万事大吉，从惊蛰到春分的这段时间内，寒潮经常来袭，就是俗称的“倒春寒”。暖气停了，寒冷的风吹进已经张开的毛孔，人会觉得特别冷。有将近半个月的时间，春天的脚步犹豫徘徊，处于一种半停滞状态。

我在 3 月 17 日的日记中写下了连翘丛的观察片段：从远处看，连翘丛的黄绿色多半是枝条的颜色，而花芽呈现的是嫩绿色。三个两个一簇，多半是谦逊地低垂着头，朝向土地。最外面一层深褐色，新生的嫩绿，于是每一个叶芽上粗看就像鸟的眼睛，细长的丹凤目。张开好奇的眼睛观察世界，阴晴风雨。最顶端的芽朝向蓝天，格外锋利，似乎是从一开始就奠定基础，明确了它和其他同类使命的不同，它们，负责整根枝条向着高处远处进发，使命重大。这些芽最终长成叶子，那些垂下的最终鼓成花苞，大自然的秘密藏在眼皮底下，期待着细心的读者去揭开。

是的，我坚信细心的读者会揭开许多自然的奥秘。在我写下这些句子的时候，榆叶梅的花骨朵一直呈现由青转红的颜色，这半个月它们就这样一直坚守不动；海棠树上，最高的花枝依然裹在叶芽里，一切只等月底的太阳再泼辣辣地晒几天，世界才会翻出新的图景。

三棱草

早春的稻田里，到处充满水汽和土腥气。翻耕过的土块被水泡软，泡粉，水边浮动着许多草屑、小柴棍儿和一些泡沫。这样的水里经常能发现地母仁儿。地母仁儿，黑色的外皮，圆溜溜的，大小和桂圆核差不多。用牙嗑开外皮，里面的仁发白，有甜味儿。吃时如坐在河边闻到新涨的春水的气息。

过几天，地母仁钻出芽儿，就是三棱草。阳光爱惜每一个生灵，无论它是一株秧苗还是一棵草，都施以慈爱。稻田里的泥，软软的；阳光，暖洋洋的。秧苗扎下根来，舒心地生长。开始拔第一遍草。草和秧苗长得差不多高。草根长得像羊胡子，很茁壮。地母仁儿呢，不见了。有时会拔出一个瘪瘪的壳，它孕育了一棵健康干净的草，它的使命已经完成了。它无愧于这个世界。

一棵草，它所能做的就是染绿它周围的一小片区域，直到它们变得萎黄、干枯，直到雨雪折断它最后一根骨头。草的世界极其简单，简单到只有生和死这两件事。这中间，没有贪心，也从来不越界去管理自己管不到的地方。不是有了棉布还想穿丝绸；也没有一大早就开始唠唠叨叨地抱怨张家的车子好，李家的房子大，所以我喜欢草，尤其是这干干净净的三棱草。

我喜欢挨着它坐一会儿。村子泡在荷花香里，风抖动蝉声，世界慢悠悠的。成长是一件需要时间的事。漫长的时间，可以睡一觉，也可以想清楚很多事，甚至趁着四周无人把自己心底的秘密拿出来晾晒一下。那时我刚读了《西游记》，笃信天上有个奇妙的世界，那里的一切都有极强的吸引力。何谓“长生不老”？我的理解大概就是如同一棵草木，活过了春夏秋三季，到冬天睡一觉，来年春天又可以醒过来重新再来。我的希望不高，没有官瘾。能在神仙的世界里当个平凡的人就好。这样不思进取的朴素念头，大约和我们这个家族从来没有出过大官有关。在村南的土埂上，看着飘荡在天空的云，我会突发奇想：菩萨会不会趁我们看不见的时候突然现身，然后刹那间佛光普照，菩萨把手里的柳枝一甩，于是我们都可以长生不老？

父亲喊一声：干活了！这一嗓子，把我喊回人间。看看前面还没有割完的稻子，估摸着又得干到天黑才能割完这块田，于是拿起镰刀，规规矩矩地跟在父亲身后去干活。那长生不老的秘密，被我紧紧捂住，藏在了心底。

我还小，世界上那时还没有太多的活让我干，痛苦和烦恼的琐事还在遥远的地方等着我，所以我暂时安全快乐。黄河里的水还没有断流，涝灾和旱灾也还在远处等着村里的人，所以村庄暂时富足。季节到了，池塘里的水就涨起来，有鱼有虾。三棱草在水边、稻田边成片地生长着。翠绿的茎秆，夏末抽出薹子，开花结籽。每年春天，我们都会在水边相遇，如同好久不见的老朋友（我，我们还能相遇，平安地度过了一年的岁月，那是多么美好的事）。我们对视一眼，然后各自去忙碌，它扎下根须，踏踏实实长成一棵草；我呢，拼命读书，为的是把自己连根拔起，去到遥远的城市立足。

秘密如影随形地跟着我，后来越聚越多，它们发芽，长成一团没有组织没有纪律的乱草，堵得我心里难受。让我偶尔骚动不安；让我时常幸福一阵子，又忧伤一阵子，像是得了病。好在，这样的发作也只是我自己的事，除了距离我最近的人，对这个世界我还不是破坏分子。也幸好，它们只是草，熟透了，也就死去了，成不了多大的气候。

一茬一茬的人陆续走出了村庄，去外面的世界闯荡。带着自己的或大或小的秘密，扎根在天南海北，去晕染周围的一小片区域。有的人开起了公司，有的人忙碌在流水线上；有赚钱的，也有赔本的。无论有没有出息，他们都不会回来了。他们中，有没有人像我一样回想过田地里的三棱草（或者其他野草），有没有人依然眷恋着这片土地，有没有人追问过活着的意义呢，我不知道。

一棵草活着有什么意义？所有的答案都消弭进了浩浩荡荡的时光里。

茶棵子

黄河滩区的沟头崖岭，茶棵子很常见。初夏时分，在顶端开出米粒大小的花朵，一团粉色，灿若云锦。掐断嫩的茎条，会有白色的汁液流出，尝一尝，有一股子苦味。

草木的存在远在得到人类的命名之前，草木们活得也简单。只有人类会给它们分科分属，把原本应该简单的事情搞复杂。为什么把这种草叫作“茶棵子”，是因为它的茎和叶子像茶树，还是因为它小小的花朵开得像茶花呢？我看都不像。叫“茶棵子”也好，叫“酒棵子”也罢，在它这里，似乎怎么样都行。就算没有名字，也不妨碍它们茂盛地生长在乡野，成为寂寞生活中一点亮色。

我们去剜菜，什么猪耳朵、灰灰菜、麸子苗和吐噜酸，都是猪爱吃的。对了，还有曲曲菜，给猪倒上一大半，再扔一把给鸡鸭，鸡鸭们闹哄哄地抢。茶棵子呢，和我们没有什么关系，它长它自己的。给牛割草，有时镰刀会把它们捎带到包袱里。一堆绿色中透出一两枝粉色的花，很好看。割草累了，把头枕在包袱皮上，歇歇。太阳还挂得很高，空气湿漉漉的，土坎上的红蚂蚁迅速爬来爬去。在村北的沟渠边，有几个碱土堆成的土台子，上面长着苦菜。水边，茶棵子粉色的花朵在耳朵边上摇曳，若有若无的涩涩香气。折一枝下来，挡住眼睛，眼睛凉丝丝的。再去看，天和地都变成了粉红色。挪开枝子，太阳不见了，只看见一些蜻蜓在池塘上空飞来飞去。要下雨了。

有时候在水边还会发现另外一种植物，我至今叫不出它的名字（我叫不出名字的植物那么多，面对它们我多么惭愧。）它的外形和茶棵子挺像，茎秆一节一节的。等秋天茎秆老去，取膨大的部分，磨得光滑一些，可以给祖父当烟杆用。它开粉色的花朵，穗子很像谷子。

乡村的生活很寂寞，人更多的和天地相处，靠着惯性去生活。比如，出门之前必须肩膀上扛点什么才习惯，有时是一把铁锹，有时是一把锄头，这样走下去的脚步才有分量。一个扛铁锹出门的人和一个什么都不拿就出门的家伙相比，显然，两者不在一个档次。汗珠子滚在哪里，力气用在哪里，第二年，那里的庄稼就会给你答案。受父辈的影响，我出门之前也不空手，拿包袱和镰刀，去田地里转一圈，也不知为什么就攀上了崖头。这儿是村北的制高点，四下一望，视野开阔。台子上没有多少植物。夏天的太阳一晒，土粒子都变成暗红色的，油光光的。父亲说，那是当年村里用黄河水抗碱，用铲出来的碱土堆起来的。这样的土台子上，稀稀拉拉长着些黄腥菜和茶棵子，它们是不怕碱的。我在土台子上站一会，脱下鞋子感受地面的温度，滚烫滚烫的热从脚底板传到全身，整个人也变得热腾腾的。远处是一片连一片的稻田。大中午的，人都躲进了自己的房子里，把酷热留给田野和草木。我转一圈，把或多或少的草带回家，让它们去向老牛传达暑热吧。

多少年过去了，我已经离开乡野。有一回，跟当地一个写剧本的朋友闲聊，提到了茶棵子。说它的学名叫“罗布麻”，可以破坏癌细胞中的自由基，抗癌，抗辐射，抗衰老。他的话，让我半信半疑。

晚上上网查资料，找到了关于“罗布麻”的记载。罗布麻，别称红麻、茶叶花、红柳子等，有清火降压、强心利尿、治心脏病等作用。《新疆中草药手册》中记载了一个方子：治神经衰弱，眩晕，心悸，失眠，高血压，肝硬化腹水，浮肿等，用罗布麻一至三钱，开水冲泡当茶喝，不可煎煮。小小罗布麻，真的令人刮目相看。

据说除了药用价值之外，罗布麻茎皮还是一种良好的纤维原料。“麻”是中国最早开始利用的纤维，由于罗布麻纤维比苎麻细，单纤维强力比棉花大五六倍，而延伸率只有3%，较其他麻纤维柔软，因此是一种优良的纺织纤维材料。将来的某一天，随着科技的发展，罗布麻被穿到身上，也不是没有可能。

我的这位作家朋友在河北写剧本，老母亲住在山东老家，每年都会给他采一些茶棵子，留着晒干了泡茶喝。他从老家回河北，分了一斤干茶送给当地一个大夫，对方连连感谢，夸这是“神草”。每当写字写累了，他会起身冲一杯茶棵子，然后站在窗前活动一会儿。脑力劳动很费神，一杯茶，及时补充了身体消耗的水分，平稳了血压，也把游子和家乡的土地联系在一起，从舌尖回到故乡。

寻找苘麻

雨水醒来，雷电醒来，草木迅速笼罩辽阔丰沛的北国。

早饭后，我奉命去掐苘叶，给母亲做曲用。土法制作的曲，相当于今天的酵母，用来发面。我很乐意去干这活。村庄刚刚从晨雾中苏醒，露水在草上凝结，濛濛的白。空气鲜嫩，有人担了水，沿着小路回家，铁桶与钩子碰撞出轻微的脆响。顺着小路走去，就能发现苘麻的身影，它们茎秆挺拔，热情地伸出巴掌大的叶子，向着四周伸展，橘黄色的小花安静地开着，仿佛回忆隐藏于一片幽暗，必须有一盏橘黄色的小灯前去照亮。

把采回来的苘叶洗干净，米饭和麸皮攥成团子用苘叶裹紧，系上棉线，挂在通风处晾干。米虫在其中钻出一个个孔洞，然后离开，经过一个夏天，苘麻叶子褪变成黯绿色，曲块变得石头一般坚硬，能存放很久都不变质。每次蒸馒头之前，母亲切下一小块，切成末，在水中化开，揉面，等待面团发酵，我呢，等待母亲蒸出香甜的馒头。

母亲蒸的馒头很香，尤其是六月份新麦下场之后，蒸上一锅新麦馒头，再熬上一锅小鱼汤，绝对是无上的美味。新麦馒头暄软可口，小鱼汤又香又辣，一家人吃得头上冒汗肚儿滚圆。母亲说，你们几个能长得整整齐齐，论起来，有茼麻的一份功劳。普天下的母亲做的馒头都好吃吗？不是的。我经常到秀梅家去玩，尝过她家的馒头，发酸，不好吃，但她们一家人似乎不觉得难吃。她家姊妹多，大的哭，小的叫，一天到晚吵吵嚷嚷的，她母亲在厨房做饭也经常是骂着的。有一回，因为跟妹妹争一支铅笔，秀梅还挨了打。回家跟母亲说起，她叹口气说："你婶子孩子多，发脾气打孩子都是累的。"

馒头的酸甜也和劳累有关系吗？母亲说："一人一个手法。"这句话我不太懂，但我知道母亲是乐于助人的。每逢有乞丐来乞讨，家里有新陈两种馒头，经常把新蒸的送人，陈的留着自己吃，她可怜穷苦的人。应季的莲藕，新刨的花生，脆脆的小枣，带着露珠的一篮杏子，哥哥捞来的莲蓬（茎秆上面常沾着几点翠绿的浮萍），必然隔着篱笆，第一时间和邻里分享，彼此之间保持着热络的情意。直到老年，这种待人的热情丝毫不减。遇到多年的老姊妹，拉着手说话，一说就是半天。一到冬天我的手就冰凉，而她的手始终是热的。

那些年，茼麻，很多的茼麻，星星一样地散布大地。在路边，在田埂上，菜地旁，在废墟上，即使是最恶劣的环境——垃圾场周围或者是墙壁上的一道裂痕，只要有一点泥土，它们都能扎根生长，用绿色去掩盖那些肮脏和无序，为那些地方注入大自然的勃勃生机。在酵母粉普及之前，母亲们用祖辈传承的智慧，用眼神中的暖意，用一颗心小心翼翼地呵护着我们成长。茼麻，参与其间，陪伴着我们，一季季，填充起荒芜的岁月。它们不招虫，很少见到茼麻被虫子咬得遍体鳞伤的样子，总是蓬蓬勃勃。淋一场雨就能繁盛得不得了。举着叶子，举着花朵，举着小灯笼一样的果实一直挺立到冬天。冬天，叶子落了，秆子还保持着最初的状态。"岁寒，然后知松柏之后凋也"，茼麻有风骨。

“苘饽饽”是对苘麻果的称呼，我们这里大人孩子都这样叫。“饽饽”，毫无疑问是可以吃的，在去割草、下田劳动的路上，随手摘几个苘饽饽，一边走一边吃，是对自己的犒劳。对孩子们来说，游戏的意义远远大于食用。我们用这夏日之草，开一场快乐的宴会。苘麻的叶子毛茸茸的，却不扎人，长开了，有一个巴掌那么大。在童年的游戏中，过家家的主人常把苘麻叶子贴在额头，做一个鲜明的标志。取小莲台一般的果实，剥开来，瓣膜之中包裹着白色的果仁。那籽粒排列整齐，白得像雪。鲜嫩的籽粒可以吃。什么味道呢？就是“没有邪味”，草木的清新。就是坐在窗边，看外面天色渐渐黯淡下去，灯火还不曾亮起，你把胳膊支在木制的窗台上，听到荷塘深处传来水鸟的鸣叫声，闻到团团荷叶的芬芳。跟随这样的味道，我们回归泥土，也像一棵苘麻，把自己的身体铺展开来，向着大地深处扎下根须，向着高处伸展自己的手臂。把自己送进风里，送进雨里，送进突如其来的雷电里。害怕吗？紧张吗？也许有吧，但是作为一棵草，从诞生的那一天就知道，生长在哪里不重要，重要的是因为自己的存在，涤荡了扑面而来的尘埃，使得月光更蓝，露水更亮，忧愁无端消散。

在父辈的讲述里，苘麻曾经被种植在农田里，享受和庄稼同样的待遇，播种、间苗、除草、捉虫，统一肥水。夏末秋初，把苘麻在池塘里沤熟，那时，苘麻的“麻”才真正显山露水。人们用它来编织麻袋，搓绳索，编麻鞋，等等。穿麻鞋的人，应该是道士吧？仙风道骨，身着一袭道袍，在远远的山路上，一直走向白云深处。也有可能是一个农夫，厚实的脚掌穿烂了草鞋，后来改穿麻鞋，毕竟后者更结实一些，可以带着他去走更多的路，去到更多前人未曾到过的地方。

时间给了人进入历史的门票，把遥远的场景拉到近前，又把很多原本熟悉的东西推远。

事实上，这个七月，我时常穿过城市走向田野，带着一些莫名的失落和惆怅。一纸开发令，本地的高楼如同雨后春笋般耸立起来。不知道什么人给这些钢筋水泥浇水施肥，也没见松土捉虫，但是它们的繁盛超越了任何草木。相比之下，草木的生长就显得缓慢，显得病怏怏的。尘土飞扬，老屋变成废墟，机械臂奔忙着如同做一次庞大的手术。无影灯下，城市以其便捷、快速、现代的幌子召唤更多的人奔向它。人群脚步匆忙，男人携带着女人，用半生积蓄换一座空中楼阁，将他们的生活浅浅地敷在上面。这些年来，我们都习惯了以发展、以未来、以更美好的名义，将各种秩序重新规划。以一年、三年、五年为任期，太仓促太轻易太急躁地进行各种摧毁或者重建。每个人都在奔忙，却很少有人知道，我们到底需要什么。

我们需要什么呢？几年前，这里还是一片田地。长着诚实的粮食和应季的瓜菜。绿叶之下，虫声如织，撑起一片明朗的夏夜。更远一些时候，这里是一道沟渠，一座石桥横跨两岸，石桥两旁长着成片的苘麻和水蓼（那片绿色中的粉红恍若天堂之花），或迎风婆娑，或临水照影；再远呢，这片土地还是滩涂，遍布芦苇或者是灌木，薄暮时分走兽独行，雁阵成行。而现在，钢筋水泥统治了这里的一切，世界得到暗示一般岑寂无声。

我们需要什么呢？母亲们逐渐老去，有了酵母粉，已经不需要再花费太多时间做苘叶制成的土曲了；我们长大成人，和草木相关的游戏也跟着消失。苘麻沦落为杂草，在一寸寸铺开的水泥里，在园艺工人一次次的剔除里，已经越来越远地离开了我们的生活。童年的小径旁，当我捧着一捧叶子归来，当我满怀怜爱地抚摸那橘黄色的小灯盏，我们并不知道，有一天，时空会这样地隔绝我们。窗外的苘麻，它的子孙搬家到哪里去了？谁家的窗外，又长着我童年的苘麻？这个夏天，我注定一次次走向田野，我想追寻它的踪迹紧紧跟随。不知道像我一样的人还有几个，我的心里藏着一点对古老的人与大地关系的尊重，藏着一点对劳作的记忆和对生命的感恩，也藏着一点无法言说的愧疚。

马齿苋

清晨去上班，看到楼下的老人正守着一只大盆择菜。大盆旁边摊着一包袱马齿苋。菜一蓬蓬的，红茎，绿叶，看起来非常新鲜。我跟她打了个招呼，问起这些菜的来历，她说是乡下的亲戚起早送来的，让我也拿一些去吃。我急着上班，谢过了她，脑海里由这些马齿苋勾起的瘾头却一直盘桓不散。

今年吃的第一盘马齿苋是在济南的餐桌上，一家专营海鲜的酒店里。点了几个荤菜之后，店员推介说有新鲜的凉拌野菜，于是点了一盘，想着是要去去油腻。野菜端上来，竟然就是一盘马齿苋，顿时觉得十分亲切，做法也是熟悉的：焯熟，加了料酒，盐，醋，黑木耳，还有一点芥末，有酸有辣，吃到嘴里最终凝结为一个“爽”字。主菜还没上来，几个人就把这盘马齿苋给消灭得差不多了，竟然比店里的招牌菜“荷叶蒸鱼”还受欢迎。这一盘野菜的价钱是 16 块。

从济南回来，对马齿苋还是念念不忘。下班后我决定到城郊的小市场去找一找。逛一个地方的菜市场，就像走进了这个城市的后厨。和常年位置固定的蔬菜店比起来，我更偏爱城市边缘这种露天菜市场。野生野长的，卖东西的人员不固定，所卖的菜的种类杂，使用的家什也不一样。大部分卖主是骑着三轮车来的，也有人用独轮小推车推着一个大簸箩来卖，还有提着篮子或者包袱来的，后者多半是卖柴鸡蛋的老太太。他们也不吆喝，就蹲在（坐在）路边，面前的“商品”这儿一铺，那儿一摊，没什么章法。这种“露水集”因此就透出了一种闲散。似乎标明本来他们也不是专门卖菜的，就是家里种了，养了，自己吃不了，怕存在自己手里瞎了。就在菜市场的南端，我看见了两个卖马齿苋的。我们这里管马齿苋叫马乍菜。问他们价格，一个说五毛，一个说一块。我在其中一个摊子前停下来，卖菜的老伯说他家里种菜园，野菜都是从畦子里现拔现卖，跟茄子辣椒一起装在三轮车上拉过来的。菜根上还带着新鲜的泥土，就那么莽莽撞撞地上了市场。果然，他卖的马齿苋叶子长得舒展，肥厚多汁，茎子都拔得高，显得格外嫩生，估计是沾了其他蔬菜肥水充足的光。花五毛钱买了一大兜，回家来一顿没吃完，分成了两顿来吃。计算起来，在露天小市场买的马齿苋一盘合两毛五，和城市大酒店的价钱有天壤之别。后来，同事问起马乍菜的价钱，我记得是五毛，但是改天再去问，就成了一块一斤。卖菜人的要价很随意，有时跟他唠唠嗑，打打价，兴许在称完之后又搭上一大把，分量几乎超过先前称过的，“都是自己家里种的，值不了多少钱”。你看着那双指甲缝里带着泥的大手，看着他布满皱痕的脸上那诚实的笑，心里想：逛市场，喜欢的就是这么个“土”气，这么个实诚劲儿。

新鲜的马齿苋可以焯熟了凉拌，加细盐，醋，切蒜末或者蘸大蒜泥；也有拿来炒着吃的，我却总觉得凉拌的口味更佳，爽滑，利落，不腻嘴腻舌，颜色也清丽悦目。

除了凉拌和炒制，新鲜的马齿苋也可以做成菜包子。小区附近有一家包子店名叫“九蒸鲜”，经常出售各种时令野菜包子。春天的荠菜，夏天的马齿苋，秋天的臭菜，这几种野菜包子都十分抢手。我有时清晨特意不做饭，就为了去买几个野菜包子过过馋瘾。这种菜包子的价钱一般是一块钱一个。白生生的发面皮里，裹着一团蒸过的马齿苋，黏糊糊的，馅里加了葱和肉，味道略微发酸，很好吃。而且这个酸里还带着一种别的野菜学不来的功效。手头偶得一本1989年版的《滨州市生物志》，其中记载了几种可以当菜蔬的野菜，马齿苋赫然在列，词条不长，摘录如下：

> 马齿苋，一名马乍菜。一年生肉质草本。茎紫色，匍匐地面；叶对生；夏开黄花。野生。茎叶可食。全草入药，性寒、味酸，清热、解毒、消肿，主治痢疾、疮疡等症。

唐代医学家陈藏在《本草拾遗》中写道："人久食之（马齿苋），消炎止血，解热排毒；防痢疾，治胃疡。"别的功效暂且不说，单单一个"清热解毒"这一项，就足够让它在消暑食品中占据一席之地了。

趁着太阳晴好，楼下的老太太忙着晾晒焯熟的马乍菜。晒在竹匾里，盖垫上，挂在晾衣绳上，触目所见，都是一派丰盛的气象。隔了几天，又见她晒菜，这一次索性把楼前的水泥地冲刷干净，就铺在水泥地上翻晒。大中午翻个个，傍晚收拢了，用塑料布苫起来，接连晒了两天，收了半布袋干菜，这是要留到冬天做菜包子的。整个六月，鲁北大地上，有许多这样的主妇，她们把日常的休息时间拿出来，去田里挖菜，拿回家之后择，洗，焯，晾晒。那些叶子，花朵和果实就这样被一双双勤劳的手储存起来，等着在某个萧索的冬日调制成美味佳肴，去唤醒人们对于温暖季节的记忆。

南方人似乎很少吃马齿苋。汪曾祺《人间滋味》一书中提及"我们祖母每于夏天挑肥嫩的马齿苋晾干，过年时做馅包包子。她是吃长斋的，这种包子只有她一个人吃。我有时从她的盘子里拿一个，蘸了香油吃，挺香。马齿苋有淡淡的酸味。”北地人家冬季漫长，包包子却不一定要等到过年。马齿苋包子是一种常见的调剂，把晒干了的马齿苋用温水养开，切段，加泡好的粉条，猪肉，白菜调馅即可。因为野菜本身没有油，所以不妨选用五花肉，这样做出来的包子很香。马齿苋晒干之后发黑色，白菜却是晶莹如玉，颜色上也有了一个鲜明的对照。干菜劲道，有嚼头，粉条却是软糯爽滑的，这又是一种对比。童年时代天气寒冷，堂屋里生着炭火炉子取暖做饭，但每到蒸馒头蒸包子却要回到清冷的厨房烧大灶。地点的变换暗藏着的是对于美味的期待。当大铁锅中的水汽弥漫出来，清冷的灶间也就不那么冷了。灶火映红了母亲的脸，沸腾的热气中，马齿苋包子的香气开始在厨房里弥漫。托着一个菜包子走到大门口，一边吃一边期待着迎接邻家孩子羡慕的眼光，或者有一只狗走过来前后逡巡，美味在口而产生的那份扬扬得意实在令人难忘。

同样是江苏籍的作家朱自清《说扬州》里也提到干菜包子：“干菜也是切碎，也是加一点儿糖和油，燥湿恰到好处；细细地咬嚼，可以嚼出一点橄榄般的回味来。”“橄榄”是指那种回味绵绵不绝的感觉而言。科技飞速发展的时代，人人都喜欢怀旧，但生命是一场不能回返的旅程。时间竭力要遗忘的，我们用心、用口味来记住就好。

白鹭降临之地

当第一批月季花开罢，当金鸡菊们陆续登场时，夏天悄然而至。立夏和小满之间的这段日子，在河岸边随便挑个地方坐下来，把耳朵对着天空，排除掉啄木鸟的敲击声和雀鸟的喧闹，你能听到的就是白鹭的彼此应和之声，它们回来了。

在蓝天碧水之间，在初夏的水田上，在植被丰富的沼泽湿地里，银白色的身影从容掠起，极力展开的翅膀，使它们的飞行呈现出一种雍容高贵的气度。白鹭归来，给北地的居民带来南方的淋漓水汽和初夏的气息。

2010 年，我还在小镇居住。窗外的良田已经不允许农民种植庄稼，等着闲置三年之后用于地产开发。那段时间，昔日的沃野成了野草和野菜的乐园。草木的疯长给昆虫和鸟类带来了福音。记得夏末的一天，我和儿子在田野散步，目力所及一片蛮荒，就在那天，我们第一次近距离地观察到了白鹭。

“天上飞来一群白鸟，降落在我们不远处的地方。白色的翅膀扑闪着，像一架架小型战斗机。我慢慢走近一些，一看，好大的鸟啊！它们的头小小的，但是很精致，脖子长长的，显得比较高傲，身材很大却不笨拙。我想再凑近一些，可是白鹭们发现了我，飞走了。”

这是儿子写下的一段观察日记，看得出来，儿子很高兴。当时他已经上了小学。在孩子的眼里，白鹭的个头很大，超过了本地常见的麻雀、喜鹊和灰鸽子等留鸟。而和其他的候鸟相比，白鹭比较亲民；天鹅和大雁也在黄河滩上过境，偶尔停留，但是它们太机警，和人类的距离也太遥远。

2018 年初夏，当这些天使的身影再次出现在我的视野，我心中的喜悦可想而知。白鹭降临，对任何一个本地居民来说，都是一件值得欣喜的事。原本大理石桌面一般沉寂的天空，从此有了音乐流淌。白鹭的歌声从天空洒下，世界变得柔软而多情。从小满开始，大自然迅速调整自己，跟上夏季的快节奏。对忙碌于学业的师生而言，高考的大幕即将拉开，空气中弥漫着大考之前的紧张气氛。从紧张的课堂抽身出来，向窗外一瞥，总能发现白鹭翱翔的身影，让紧缩的心得到放松。我看它们从容飞翔，看它们栖止于枝头，心头总能涌起一种窃喜：如同在地主老财严密的监督之下，多吃了一块干粮，多睡了一个回笼觉，或者捡到了一个宝贝，并且忍不住在无人的时候拿出来品味把玩一番。我想告诉路过的每个人，告诉他们白鹭归来并且在附近安家的消息，但是我终于还是忍住没有开口，我不想有人打扰它们平静的生活。

相对于城市人的不得自由，田野间牧牛的老农和白鹭打交道最多。在野外，时间的指针似乎被调慢了，步子和步子之间，留出了一大块空隙，阳光进来，自由萌芽，花朵的芬芳也会被吸纳进肺腑。老农在树荫下瞌睡，黄牛在旁边低头吃草。有时候老农会割些青草背回去，也许会推一辆独轮车，镰刀挥动，草木的断茬味在空气中飘散。那时候，常有白鹭在一旁的水田边觅食。累了，就缩起一只脚，做金鸡独立状，化身为一个寡言的思想者。相对于白鹭的通身雪白，牛背鹭的脖颈上生着土黄色的羽毛。顾名思义，牛背鹭偶尔会停歇到黄牛的背上，黄牛安静不动，构成一幅安宁的画卷。而当季节的车轮驶向秋冬，这些鹭鸟飞走，老农和黄牛也不再出现，让人感慨，没有永恒的美丽，只有无尽的自然。

它停在那儿，一只纯色的白鹭，它站在河边一棵垂柳的梢头。那一排垂柳大概十年左右的树龄，树冠已经长得十分浓密。河流上方另一只白鹭在飞翔。它们的存在宣告了对这片河岸、这些垂柳以及这片水田的所有权。尽管人类的土地签证上写的是某个人的姓名，但在白鹭到来之后，直到幼鸟能够飞翔之前，这片领地的真正主人是它，谁都不能非法侵入。

现在已经进入繁殖期，在不远的地方，应该有一个呈半圆形的巢穴。不久，雌鸟产下 2—3 枚蓝壳的蛋，雄鸟和雌鸟轮流孵化，23 天后就会有新生命出壳。我设想那温情的一幕：雌鸟和雄鸟轮流孵卵，分担着养育的辛苦，也共同分享着为人父母的喜悦。日子一天天过去，甜蜜的爱情也在相依相伴间转换为浓浓亲情。平静相守，幸福在这里变得很简单。

我其实很好奇白鹭的巢穴是什么样子。每当我在河岸边散步的时候，每当我看到它们翱翔或者栖止的时候，这种好奇不止一次地翻涌上来，撺掇着我去干点什么。但是我必须克制自己，尽量不表现出对这些鸟类过多的关注，一来让它们觉得安全，二来我知道，对于一些半大男孩子而言，几枚精致的鸟蛋可比电子游戏有吸引力得多，至少我不能成为他们的坏榜样。大概要等待它们的小宝贝出世，我的一颗悬着的心才能安稳下来。

酒盅花

祖父年轻时卖过饽饽。白面饽饽装在细柳条筐里，上面盖一方笼布，走街串巷地叫卖。后来卖过一阵炒花生。但进项不大，估计也就够他喝几盅高粱酒。

高粱酒多是从代销店买来，放在条桌子上，跟一堆蒙了灰尘的坛坛罐罐摆在一块。祖父的屋子是暗的，但他的酒瓶子始终亮着。围着酒瓶子还有几个白瓷的酒盅。冬天喝酒之前先要烫一烫。他有一个专门烫酒用的酒温子，据说是青铜做的。滴一点菜油进去点燃，把酒壶烫热，省得再用开水。

喝酒得有酒肴。村东头的经销店在冬天时会趸一点熟食来卖。放在搪瓷盆子里，花生米，猪头肉，卤肚等摆一溜儿。祖父去经销店里转转，转一圈再原样出来。偶尔会有几片猪头肉盛在粗瓷碗里出现在祖父的饭桌上。天冷，熟肉上糊着一层冻子，祖父从碗里夹一片，另一只手托着，连肉带冻子一起颤颤巍巍地送到我嘴里，肉冻入口即化，真香。

插秧季，黄河发大水，能捉到脊背黑黑的鲫鱼和白鲢。盛在一个白铁盆子里。拾掇干净了，白水煮，出锅前加一把葱花，非常鲜美。黄河水退了，稻田落一层薄薄的淤泥，浅水窝子里有小虾，捞出来洗干净了，祖父钻进黑洞洞的厨房，小锅里倒一点菜油一炒，就变成红色。

早春时节没有青菜，也没有鱼虾可捞，家家户户的咸菜瓮里只有腌萝卜，这时候祖父主要吃豆豉。一把黄豆煮熟了，拌上咸萝卜丁，切点白菜帮子，加一点菜油。一天三顿，端那个豆豉盆子。

蓖麻开花了，新鲜的蓖麻花掐下来洗干净，焯熟，加上酱油醋腌咸了，也能吃。

秋天青萝卜下市的季节，把萝卜缨子薅下来，洗净后在开水锅里焯熟，切成碎末，加一点酱油，大蒜末。吃起来有清气。

一口酒，一口菜，祖父吃得津津有味。除了鱼和肉，其余的东西，孩子是不喜欢吃的。豆豉太咸，萝卜缨子发苦，蓖麻花腌完了还有一股怪味，不知道祖父怎么吃得下去的。孩子们喜欢吃什么呢？吃糖。小嘴里吮着黏米糖，水果糖，薄荷糖，奶糖。“甜”是人到这个世界最初的，也是最难忘的记忆。可是除了过年，平时基本见不到糖。

年下了，祖父做两斤糟豆腐，放进粗瓷瓦罐里。小瓦罐，土褐色，摆在柜子的高处，防止孩子们乱动。这时祖父的酒瓶也常是满着的。他喝一口酒，就一筷子糟豆腐，咂吧着嘴显得很陶醉。二斤豆腐他能吃好久。

下雨了，祖父的黄泥小屋笼罩在一团雨雾里，像拱出地面的矮蘑菇。他一辈子盖了三次屋。老宅留给三叔和小叔住，村西的房子给了我们，村北给了伯父。六十多岁，他的力气只够盖了两间黄泥小屋。那些年，冬天一次次降临鲁北。大雪，小雪，有时候没有雪。祖父的小泥屋暖和，厚实，掏个窟窿能走人，挂一块塑料布就能从里向外张望。有人来喝酒，是这个小院最热闹的时候。长生爷爷，老尹爷爷，文之爷爷，他们都是祖父家的常客。最常来的是老尹爷爷。他长得胖大魁梧，夏天穿褂子很少系扣，敞着怀，笑眯眯的，远看像一尊弥勒佛。他家开经销店。从两扇黑漆大门进去，是个白影壁，过了影壁有里外两进房子。外间的做了店堂，里面睡觉。后来他小儿子娶了媳妇住在里院，他和老伴就挪到前面来住了。前院有一棵大枣树。春天，枣花开了，香喷喷的，惹得蜂子围着团团转。一落雨，遍地是那种娇嫩的米黄瓣子。他家的门洞里，经常聚着一群人，拉呱，或者下棋。祖父是下棋高手，一局棋能自己摆弄半天，偶尔翻看一下棋谱。但是喝酒的时候他们还是喜欢聚集在祖父家里，喝得高兴了，几个人就开始划拳。

“螃蟹一，脚八个。两头尖尖这么大的壳。”坐着的，用右手比画个半圆。输了的喝一口酒，吃一筷子菜，挽挽袖子，开始新一轮比拼。

“夹不住哇，往后拖……”另一位的脚已经踩到凳子上去。屋里的气氛是热烈的，人声喧闹，灯光打到土墙上，变换的手势就有了活泼的影像，跳跃着，晃动着，像很难被人捕捉的秘密。

每当那样的时候，祖父的胡须上也挂了酒，闪烁着光亮，笑得很开怀。他们说天南地北的传闻，说年景，说水稻的长势，也说儿女。文之爷爷一辈子只熬了一个闺女，婆家找到了邻村，时常回来给老爹老娘使唤，很孝顺。说着说着，不知道为什么祖父的话越来越少，后来就低下头一个人自顾自地喝。偶尔抬起头，那胡子上闪烁的光亮已经移进了他的眼睛里，成了泪。

后来人们逐渐散去。老尹爷爷总是走到最后，他们把各自酒盅里的酒喝完，一个躺倒酣睡，另一个带上门，深一脚浅一脚地回家。走进黑漆的大门之前，叹一口气，仿佛卸下白昼最沉的一件衣裳。

夜晚是一个装满酒糟的仓库，热热地捂着白天的秘密。屋檐下的生活，酸的，甜的，辣的，咸的，在夜幕的掩盖下，统统收容进来。酒成为掩埋其中的种子，埋进仓库，也埋进人的心里。从一碰即折的芽儿，到风华绝代地吐蕾开放，它陪着人走过青年，走过中年，走向老年。陪伴了半生，也欢乐了半生，它记载了实现梦境时的欢天喜地，也记载了无意失意时的茫然无措。假如有一天它们不在了，漫漫长路，谁来倾听人的秘密和烦恼，谁来记录人的快乐和忧伤呢？每一个醉酒的人，某一刻，都把自己还原成了一个孩子。他不腰疼，不咳嗽，结结实实，浑身还有使不完的劲。这个孩子，带着无法言说的秘密飞升到月亮上去，从月光里返回的时候，人是亮的。所以这也可以解释为什么第二天醒来他们格外疲惫，一夜的跋涉啊！

父亲十九岁当了队长，他平时沉默寡言，但酒后话多，我们要时常去别人家把他搀扶回来，喝醉了的父亲一路嚷嚷一路笑，嘻嘻的跟傻子一样。

祖父黑着脸说："这咋行？喝酒得有数！"

老尹爷爷也说："喝酒要有数。"

老尹爷爷算盘打得熟，噼里啪啦，什么都上账，什么都有数。农闲时节，他就赶着毛驴下乡卖酱油醋。小草驴很瘦，四只蹄子细细的，拉着一挂大车。不知道它哪来的力气。车上装了一溜塑料鼓子，酱油醋的味道扑鼻。他下乡，最远能到南三村。就是镇子上最偏远的一个村子。隔一阵子，估摸着人们的酱油瓶子醋瓶子空了，就赶着毛驴车去。傍晚回来，驴车上的酱油醋去了一大半。

祖父经常让老尹爷爷捎东西去南三村。带着绒毛的麦黄杏，新加工的大米，咧嘴石榴，老玉米，等等。南三村里住着我的姑姑，亲姑姑，但是她很少回娘家，也从来没见过老尹爷爷从那边捎回来什么。

"你爷爷不容易，一个人一辈子吃苦吃烂，把儿子们拉扯得都成了家，又开始惦记你姑姑。"有一回，老尹爷爷喝多了酒，叹着气跟我说。

可是跟我说有什么用呢，我还只是一个黄毛小丫头，挣不了钱，做不了主。但是我从心底里疼祖父，心疼他的腰疼，心疼他的咳嗽，心疼他一连几个月地端那个豆豉盆子。弟弟出生之后，家里得了很多贺喜的挂面。有一回，母亲把挂面晒到了天井里，趁母亲不备，我偷偷揣了好几封，一溜小跑地送给了祖父。明白我的来意之后，他笑得胡子都哆嗦起来。后来，挂面又被他原封不动地送回来了，可是他逢人便夸他的孙女如何如何孝顺。我多么希望姑姑也能疼他。

祖母去世得早，撇下了四个儿子和一个女儿。姑姑最小，刚学着说话。祖父怕养不活，在亲戚的劝说下，就把她送给了一个远方亲戚抚养。真相长着腿，长大之后的姑姑知道了自己的身世之后，就恼着祖父。

“你四个儿子都留下，怎么就舍得把我送了人？”

“一个闺女你都不留，心有多狠啊你！”

“虎毒还不食子，你是个什么东西。”

这些话像刀子，一刀一刀割开他的心。她哭，她骂她的父亲，她在地上打滚，抱着他的腿狠狠地咬。棉裤咬烂了，露出了棉絮。祖父就露着棉絮过了一冬。谁说给他缝补一下，他不让。祖父像一头骆驼，默默地扛下生活交给他的一切，包括女儿对他的指责。他觉得那些话说得都在理。

一年年，祖父执拗地往南三村捎东西，一年年，老尹爷爷空手而回。酒薄人瘦时光老。那天，我在祖父院子里玩，突然见到老尹爷爷拎着一个布包走进来。他人胖大，走路呼哧带喘的，一进门就吆喝着：

“刘公林，快接着，你闺女让我捎来的。”

“刘公林”是我们临近的一个村名，这是老尹爷爷给祖父取的外号。在我们这些小辈面前很少这样称呼。那天，大概他太高兴了。

“闺女知道你累，犒劳你呢！”

“好，好，好。”

祖父咳嗽着，从青烟弥漫的灶间迎出来，一连说了三个“好”字，他接过带着体温的布包，我也好奇地凑过来看，那疙瘩系得很紧，好容易才解开，露出里面一瓶清清亮亮的酒。祖父举着那瓶子到开阔处，对着大太阳看看，再低头研究一下那商标上的字，一脸的满足。

“你闺女嘱咐我，这是给他爹解乏的。地里活多，怕你累着……”祖父依旧连声说着“好”，老尹爷爷走了，他还抱着那瓶酒站在那里，好久都没有说话。阳光透过老榆树的枝叶把光斑打到他的脸上，突然，我看见两条泪，蛇一样的，缓缓地溢出眼眶，爬过他的脸颊，顺着深深的皱纹一路蜿蜒，最后摔进土里。祖父哭了，起初他忍着抽泣声，后来实在憋不住，他哭出声来。

当了母亲的姑姑，最终以这样的方式认可了自己的父亲。

2016 年暑假，姑姑去世，64 岁。葬礼上，透过婆娑的泪眼，我看她老去的照片越发像祖父，眉眼，轮廓，甚至是微微蹙眉的神情。50 多岁，她得了帕金森综合征，先是手哆嗦，最后发展到双脚不由自主地哆嗦。每次回家见到姑姑，我喜欢握着她的手说会儿话。握一会儿，就松开，那哆嗦让我的心脏难受。我受不了，我也不忍心让她看到我眼里的泪珠。

一年年，姑姑成为一根弦，拉扯在和睦村和南三村之间，每一次风吹草动，都能迅速扯动我们的神经。那些叹息，那些热的或者凉的酒，那些酒换成的泪，一滴滴汇聚成一条溪流，扭不弯，扯不断，日日夜夜，它们在血脉间汩汩流淌，永无止息。

祖父去世之后，黄泥小屋也一点点地瘦下去。没有灰尘哺育的日子，它目光浑浊。油漆斑驳的门廊上，褪色的春联簌簌抖动，在最后一个冬天，它喝醉了酒，轰然倒塌。

绕过打谷场和池塘，就是村里张姓和刘姓两个大族的坟地。坟茔错落，春来草木繁盛。我们在田埂上发现了一种草，茎叶毛茸茸的，听老人说这种草开花之后，样子像酒盅，去世的先人可以借此饮酒。它带来一个充满想象力的场景：总有一天，去世的亲人们都会团聚，满斟一杯酒，笑着擦去彼此脸上的风霜，在温暖的灯光下，彼此和解原谅。

我给它取名酒盅花。

夏天，那种草果然开花了，厚绒绒的花苞果然很像一只酒盅。不知道为什么我很喜欢它。祖父会用它来喝酒吗？我希望他能喝一点，这盅酒不苦，是甜的。

一枕草香

我的记忆中有稻草的香味。

天冷了，祖父的土炕上要铺稻草。稻草装在一个黑色的布套里，布是黄河滩特产的家织布，非常厚实，不用担心稻草茬会钻出来扎人。草褥子铺得平整，暄腾，阻挡了寒气。被子也换成厚的了。推开门，屋子里弥漫一股子稻草的清香。很冷的时候，木门外面还会装一扇风门，遮挡凛冽的北风。风门上钉着厚塑料布，一开门，塑料布呼答呼答地响。

厨房里烧的是稻草叶子。秋天，搂稻草叶子是孩子们干的活儿。在稻垛子之间，我们专门拣稻草叶子厚的地方下手。田间还残存着稻子特有的气味，厚厚的落叶，踩上去沙沙作响，让人内心兴奋。稻草叶子很软，暄，不长时间就能填满一包袱。背着稻草叶子走回家去，它们在我背上释放出白天储存的热量。瘦弱的我，拥有一个被稻草包裹的胖胖的童年。

叶子填进灶膛之后，“轰”的一声，着一阵急火，很快就烧尽，不像棉花柴、木柴那么耐久。这种草叶子里偶尔会有遗落的稻穗。烧火的时候，母亲把它们挑拣出来放在风箱上，时间久了，稻穗上落了一层灰。这些稻穗，主要用来喂鸡。攒的多了，把稻穗一撒，鸡们一哄而至，大白鹅也赶来凑热闹，它一叫唤，鸡们自动退避三舍。大白鹅当仁不让，将脖子一仰，稻穗“唰拉”一下就被吞进去。有个别漏网的穗子，混在叶子间被填进灶膛，随着温度的升高，“噼啪”一声脆响，爆裂成大米花，白莹莹的，又很快被灶火吞噬，让人心疼。

下霜了。田野里的稻茬上落满晨霜，晨曦中呈现半明半暗的色调。裹着夹衣的男人牵着牛来池塘边饮水，睡眼惺忪。老牛无声地跟在主人后面，细细的蛛网遗落在草叶上，蚊虫都已经隐匿了。夏天的时候，蚊子多，牛虻也多，夜间围着老牛叮咬。把陈年的稻草点燃，压上些青草或者刺蓬棵子，烟就起来了。青烟缭绕在牛棚的旁边，熏蚊虫。老牛卧在一蓬青烟旁边，慢慢反刍，睫毛长长的，神秘而温柔。

祖父肯定地说，有人专门伺候着熏蚊子，太上老君家里的牛也不过这样的待遇。

冬天，大地把热传给了稻草，来自地下绵长的温暖，继续留在人间，而大地在屋外被冻裂。

稻谷入仓，稻草被垛成长方形或者圆形的垛子，围绕在房前屋后。外皮被风吹雨淋得变成了灰白色，抽开垛子，里面的稻草还是干绿色的。老鼠打洞，把一些稻草横着咬断，鸡鸭刨蹬。地排车停在南墙根下，用塑料布苫盖着。稻草垛旁边拴着牛，一个完整的家就是这样。

女人在家里忙着把稻草打成草苫子。屋里屋外，是草苫子的世界。隔一段时间，就有大车来把它们拉走，不知道它们去了哪里。

村庄满了，田野空了，往东一看，果园里的小屋就显现出来。小屋灰趴趴的，很不显眼。夏天的时候，小屋被绿树和各种瓜果环绕着，颇有点童话意味。小屋有两间，一里一外。外间用来做饭、堆放杂物，里间睡觉。一棵老杏树，在窗前探出横斜的枝丫，每当春天到来的时候，树上开满粉红色的杏花，非常好看。看园的老人，只在过年的时候才回家住几天，其余的时间就长在瓜园里。收秋之后，大人们喜欢到瓜园来玩，下棋的下棋，打扑克的打扑克。外间冷了，人就都挤到里间，炕上也铺着厚厚的稻草。稻草上再铺两个化肥袋子，稻草茬露在化肥袋子外面。人坐上去，窸窸窣窣地响，总感觉屁股底下藏了几只老鼠。

大人们东拉西扯，每个人都抽烟。年轻的抽纸烟，上了年纪的点着旱烟袋，烟袋锅子小小的，杆子被摩挲得极光滑。我常担心那烟头会引着了火。它们离稻草炕那么近。

刮北风了，雪下大了，草垛仍在，草垫子仍在，让人放心度过一个个寒冬。

遇见野葡萄

午后闲暇，忽然想到野外走走。在一个野草繁茂的土坡上，我发现了几株野葡萄。簇簇浓密的叶间，悬着一堆小小的果实。成熟的果粒呈现黑紫色，花落处是一个小小的白点，用来画龙点睛。

这是鲁北平原常见的野果，摘下几粒，送入口中，咬破果皮之后流出的浆汁微甜中带着涩味，有点麻舌头。

野葡萄不算好吃，没见哪个孩子逮着野葡萄吃起来没完，而且它们个头太小。新疆民歌《掀起你的盖头来》中有那么一句：“你的眼睛大又圆呀，好像那葡萄到秋天”。新疆的葡萄个大味甜，歌词里的葡萄不是野生的。

查过资料，野葡萄学名龙葵，全国几乎均有分布，由于地域的差别，小小的龙葵就有了不同的名字。江苏人叫它野辣虎，四川人称为野海椒、小苦菜、野伞子，这是从味觉和视觉角度命名的。湖北巴东地区称它为灯笼草，乍看去，那簇簇小果子还真有点灯笼的样子。云南蒙自称它为野茄秧，大概因其叶子跟茄子叶相似。湖南称它为“地泡子”，这个名字一听就很好养活。黑龙江人干脆叫它们“黑星星”，这个充满想象力的名字，让我想起洛夫的一首诗——《窗下》：

当暮色装饰着雨后的窗子
我便从这里探测出远山的深度

在窗玻璃上呵一口气
再用手指画一条长长的小路
以及小路尽头的
一个背影

有人从雨中而去

野葡萄全株入药，可以散瘀消肿，清热解毒，但是普通人很少知道这种功效。在大人的眼里，野葡萄似乎没啥稀罕，但好歹名字中占了“葡萄”俩字，逗引小孩子开心足够用了。在乡下，很少有人专门去寻找它们。割草、放牛或者跟父母下地干活时，累了，往地头一躺，说不定旁边就站了一棵野葡萄。你看，它们还是恩宠勤快的孩子。

民间故事里，野葡萄是带了仙气的。善良的主人公备受迫害双目失明，得仙人指点，经历诸多磨难之后，终于找到一串串圆圆的凉凉的东西，一尝，甜甜的，吃过之后，眼睛忽地明亮了。这种化腐朽为神奇的果实就是野葡萄。《诗经》里也有关于它们的记载，把新郎比作高大的树木，新娘好比缠绕它的野葡萄，恩爱融洽，美满幸福。所谓少年得志，就是那种有勇气承载岁月风露，有能力让爱人攀附的心情吧，好天好日，好景好人，让人倾慕、向往。

眼下已经入秋，野葡萄的叶子犹自碧绿。齿颊间残余的涩甜让我恍惚回到多年前的某个清晨，自己还是个一无所知的小女孩，踏了露珠寻到一个荒僻的院落，在几株野葡萄前吃得满嘴青紫，全然没有听到母亲焦急的呼唤。

浮云白日，岁月忽晚。回顾来时路，才发觉时光快得让人措手不及。草木有知，都要赶在节气之前检点收获。看着这些深谙生命规律的族类，冥顽如我，才觉眼前一派景象如当头棒喝，只让自己寂然失声。

此草有节

宴贺台四周现在很难找到节骨草了，随着最后一个道士的离开，它们似乎也离开了这里。即使在野草最繁茂的六七月份，有自诩目力好的年轻人从清晨开始蹚着露水去搜寻，也难以发现它们的踪迹。节骨草的颜色混同于普通野草，远远看去都是碧绿一片，偶尔一阵风吹来，眼尖的人还能发现它们根根直立的身影，但很快，当风止息，披拂的草木又遮挡了它们。

早春时节，我和朋友一起登上了宴贺台。太阳被厚厚的云幔遮挡住了，天冷，风大，北坡陡峭，没有立足之地，只能从西边沿着一条村人踩出的小径，抓着干枯的杂草一步步攀上去。到达台顶，向着北方极目远眺，依稀看见黄河蜿蜒的身影，听见它澎湃的涛声。北风旋起浮土，向着四方游走，一些尘土便附着到了我们的衣服和鞋子上。朋友爱干净，下意识地跺了跺脚，没用多少力气，但是却听见“嘭”的一声响，脚下似乎有涟漪一圈圈荡开，以她站立的地方为圆心，从地下传来久远的回声，嗡嗡之声不绝于耳。朋友抬起惊恐的眼睛向我探询，我这才发现她的脚站立的地方隐隐透出一个圆形的区域，仿佛一圈干净的基座。我想到了老人讲过的传说，赶紧拉着她向一边退了几步，风声和嗡嗡之声才逐渐归于沉寂。

太阳跃出了云层，宴贺台高大的身影向着西北方向一点一点铺过去。以台基为圆心，几条辐射状的道路也越发清晰地呈现在我们眼前。这些支流一样的道路上已经没有来取药的人了，曾经跟随祖母来取药的人也已经年逾古稀，她是我们族中的一位老人，在拜访宴贺台之后的那个夜晚，我和朋友敲开了她的门，怂恿着她给我们讲一讲当年到宴贺台取药的经历。她抄着手坐在炉火边，穿着一件平绒质地的棉衣，特意清了清嗓子，挺直了身子跟我们讲起了当年的经历。她的讲述把我们带回几十年前，窗外的北风拔着哨子一遍遍地从窗棂间探视，炉子里的煤块在屋顶投下一圈忽隐忽现的光，把她的脸映得红通通的，一瞬间她似乎回到童年，变成了那个跟在祖母身后，对世界心怀好奇的少女。

在太阳没有升起之前，祖母已经准备好了提篮。一方干净的棉布下面盖着香烛黄纸，还有另外放置的黄表纸，这是准备接“药”用的。节骨草扎成一束，做炊帚状，跟香烛安静地紧挨在一起。据说只有用这种草才能把“药”扫到纸包里，才管用。从夏天到秋天，凡是家中有老人孩子身子不舒服的，有久病在床的病人的，都在田间早早地把节骨草收集起来，晒干，等到来年春天到宴贺台取药的时候拿出来。收拢起来的节骨草，单独放置在房梁上或者孩子们够不到的僻静之处，防止他们拿去当野草扔掉。绵延的道路把四面八方的人引向高大的宴贺台，长途跋涉消磨了人的气力，内心的虔诚却随着气力的消散而变得越发笃定了。人们爬上宴贺台的最高处，在莲花座前跪拜。人群中偶尔有人发出咳嗽，可是盘旋的风声带走了那样的声响，对于神灵的敬畏让空旷的高台显得越发神秘。陆续到来的人只能站在台下排队，仰望着高处的人们。她们在香案前跪倒，从提篮中取出祭品和节骨草束，将香案一侧的地面清扫干净，然后铺上黄表纸。香烛在风中点燃，袅袅白烟升起来，用于祭拜的黄纸也点燃了，红色的火舌迅速吞噬了它们，人们的脸被燃烧的火焰烤得发热了。她们叩拜，女孩子跟在外祖母的身后，也叩头，但她眼角的余光却一直向着节骨草那边逡巡，期待着能够发现一点奥秘。袅袅的烟雾遮挡了她的视线，她想等到烟雾消散一点再仔细查看的时候，祖母扯了一下她的衣服，似乎在警醒她不可以分心，于是她把头又俯下去。说也奇怪，再次起身的时候，黄表纸上竟然真的有了粉末，她们赶紧用节骨草把粉末扫到纸的正中，压实，包好。

取药回来脚步轻松，神奇的药粉也确实让一些人痊愈，否则神奇的传说也不会在乡间流传那么久。翻看《滨州生物志》，见到“节骨草”一则是这样描述的：“茎节生，中空。地上茎绿色，具纵裂沟脊，表面粗糙；叶呈鞘状，紧包节上，齿端易脱落，枝端生矩形孢子叶球，形似毛笔头。”在这段话的结尾还有一句：“当地作打井选甜水地的标志。”据我那位古稀的族人讲，最初黄河滩上是见不到节骨草的，因为一桩离奇的故事，节骨草才密布在宴贺台四周。她的手指朝着东南方向指去，神情充满向往，在她的讲述里，我们似乎看到在宴贺台东南方向十多里的小径旁，数不清的节骨草几乎连成了一条绿色长龙。龙头朝向的地方，是另外一座古老的台子——双台，据说台上建有玉皇大帝庙，是当地诸多庙宇中最灵验的地方。

这一年农历二月初二，双台庙会一到，善男信女纷至沓来，蒲台知县马文弼也赶来凑热闹。他是一名赃官，当他大摇大摆地走进山门的时候，突然“轰隆”一声巨响，山门倾倒，大殿崩塌，殿内塑像踪迹皆无。腾地而起的烟尘迷住了知县的眼睛，香客们一个个目瞪口呆，马文弼吓得魂不附体，跌倒在地，口吐白沫，很长时间才缓过神来。待众香客惊魂稍定，只见一片祥云飘然西去，慢慢降落在宴贺台上。不几日，那个被玉皇塑像拒绝的赃官在惊吓和羞愧中死去，几天后，宴贺台上的茅屋里，住进了一个蓬头垢面的游方道士。

道士俗家姓张。晴朗的日子，张道士外出化缘，行善积德，普度众生。大雨滂沱的日子，他关闭茅屋的门，打坐，练气，饮一点点酒，或者隔着雨窗，看野草之上的烟雾凝结为一缕缕的发辫。虽然他外表普通，但在民众的口耳相传中，那个使出神力搬走塑像的人就是他，疾恶如仇的人也是他。自从他在宴贺台落脚，当地有些官员就开始头疼，他们天一黑就早早地关闭了大门，生怕门前出现张道士的身影。如果张道士向他的门内望一眼，这个官员会连续好几个夜晚做同样的噩梦。他们梦见自己在暗夜里被两块光斑追赶，它们一会变成龙，一会变成蛇，互相交换位置，一直到天明时分才结合成一个圆球，从烟囱里飞升而去。这些平日作威作福的官员，清晨醒来汗水湿透了被褥，家人听见他们的呼救声，却进入不了他们的梦境。到后来，惊魂未定疲于奔命的人甘愿交出搜刮的银两，以此换得平安。宴贺台附近的农田里，于是时常响起窸窸窣窣的脚步声。

张道士依旧是寻常生活，或云游，或化缘，或修行，或怀想自己在高台上修筑大殿的宏伟计划，日子就这样一天天度过。他行踪不定，有人今天见他在山东，忽然几日，又有拉货的人说在山西见到了他，像燕子衔泥一样，构筑他梦想中的殿堂。有人说他修筑道观得到了皇帝的暗许，也有人说他是赃官的克星，或许真相只有他脚下的鞋子和他走过的道路才知道。数载辛苦经营，终于在宴贺台上建成了两进雄伟的大殿。据说大殿落成之日，济南知府来了，本地知县来了，四方善男信女也都赶来庆贺。循信而来的，还有成千上万的燕子，它们黑压压一片，绕着高台啁啾盘旋，一时间，燕语莺声，此起彼伏，成为一道奇观。从此后，宴贺台祥光笼罩，香火日渐鼎盛。

故事的结局有两个，一说道观落成之日，张道士手持火把走进事先扎好的纸船，然后点燃纸船升空而去，众人抢救不及，只能看着一团火焰飞走，在燃烧过后的灰烬中，人们只捡到了一小片遗留的指甲。也有晨起耕田的农夫称见到过张道士，其人负手蹀躞于宴贺台下，溪流清澈，道士俯首照影，突然在清水中看到自己瘦成了一株野草，一阵风吹来，节节都在摇晃，节节都在坚持。

风吹草响

在黄河大堤行走，触目所见最多的就是马唐草，每年春天，它们钻出发达的根须，迅速占领荒野、大堤和田地。线形的叶片，永远保持欣欣向荣的精气神。随意拔下一棵来，你会发现它们从内到外透着水润，似乎浑身有使不完的劲。凭着这股精神头，它们克服艰难险阻无所不至，凡是有一捧薄土的地方，都能见到马唐草摇曳的身影。风一吹，草浪起伏，整个滩涂被层层卷起的绿色波涛吞没。

都说草是贱命，牛羊爱吃它，人类也不待见它。整个夏秋季节，黄河滩上的人和草之间展开了一场漫长的拉锯战，双方你来我往，各不相让，互有输赢。最初人类使用的是镰刀和锄头。这样的工具在马唐草刚钻出地面的时候还管用，趁着它们立足未稳，只要一双有力的手，就能轻而易举连根拔起。随着时间的推移，一旦马唐草扎下根来，就必须费些气力，这个时候镰刀和锄头上场了。在钢铁般的利刃经过的地方，马唐草骨断筋折，空气中散发出草木断裂之后的气息。推着一大车草回家的人，放松了警惕，“草锄过了，拔过了，也该歇歇了。”在牛羊大口的咀嚼里，他们憧憬着玉米棒压弯木梁架的场景酣然入梦。但是，他们却忽略了一件很重要的事，马唐草的根还在。那些根须深深扎入泥土，它们互相勾连，牵扯不断，在沙土的掩盖之下，在充满危机的环境里，忙于逃生的马唐草锻炼出了独特的本领，它们发达的根系，白天受伤，夜晚就能迅速自愈。只要根脉还在，受伤的茬口处不几天就会抽出嫩芽。在人类看不见的地下，它们的根须迅速蔓延，一如强硬的钻头，在温润的地下迅速开拓出新的范围，然后挑选合适的地方钻出地面，长成另外一株新苗。

要除根，就得把黄河滩彻底翻个个，把每一寸土都翻过来晾晒，可是谁都没有那样的胆气和魄力。在一年年你进我退的斗争中，缺乏耐心的人类使用了农药，农药的使用次数，从最初一年一次增加到一年数次。空气中飘荡着浓烈的令人窒息的化学药品的味道，从田野飘向村庄，依附在窗棂上，粘在人们的衣襟上，久久不散，有人甚至因此中毒，那些用过的药瓶被他们抛进水沟，寸把长的小鱼翻着白肚皮浮在水面上，那些水沟从此成了死水。

当黄河滩的大树们默默地，居高临下地看着人间的兴衰更迭，生死荣辱的时候，马唐草和它的家族成员们既担负起固定堤坝，保持水土的使命，也要时刻提防着镰刀锄头和喷雾器的进攻。这是一件很让人为难的事，就像人类无法定义一种草究竟是“好”还是“坏”一样。在我看来，马唐草是君子，它们叶子柔软，没有倒钩或者尖刺，也不会释放毒素，不像葎草，稍微不如意就把人钩得遍体鳞伤。人类为了泄愤，在葎草身上抹了石油，浇上石灰，搞得原来绿油油的藤蔓一段黑一段白，样子很滑稽。人类和这些蛮不讲理的草之间的火并更像孩童之间的游戏——你不让我好过，我也不让你活得舒坦。

那是一个大家都很敏感，一有风吹草动就剑拔弩张的时代。

白天和马唐草的斗争让人精疲力竭，夜里村人睡得都很沉，如雷的鼾声萦绕在村庄上空。就是在那样的夜晚，一个年轻人却翻来覆去怎么也睡不着。窗外飒飒风响，似乎有什么轻轻拍击着他家的窗户。这个年轻人懂得些音律，他在如雷的鼾声和呜咽的风声中听出了一些什么，于是披衣而起，走出家门。他听见从北方的草野传来辽阔悠远的调子，一波一波的乐音冲击着黄河大堤，碰到树木、土墙又反弹回去，继而开始下一波的冲击。那是年轻人从来没有听过的调子，逶迤连绵，没有完结。如同一条小径通向无尽的北方，在那条小径之上，你想要走多远便可以走多远。乐声如水，如一条大河源远流长，在河流的倒影里，他看见自己的父母，马匹，天空和山川。他似乎变成了一个焦渴的旅人，那若有若无的调子里，恰恰有一场雨，滋润他干涸的内心。他就站在那里，紧贴着墙壁，忘记了自己身处何方。直到三点多的时候，院子里的公鸡开始啼鸣，那悠远的曲调逐渐弱下去，逐渐消失了。年轻人才活动一下僵硬的肢体，“扑通”一声从山墙上跳回院子。

躺回床上，迷迷糊糊中他做了一个奇怪的梦，梦中那歌声又起，那是关于进行的，伤痛的，不屈的音乐，音符打着旋儿地从天空坠落下来，轻盈地在他身边跳跃着，却避免砸到他。

一连几天，年轻人都在午夜时分醒来，在此之前他心里其实暗藏了一个混沌的计划。他喜欢唱歌，有一把好嗓子，梦想着成为一名歌手。在无人的地方，他会把一面弹丸形的镜子挂在树杈上练口型。可是父母已经给他说定了一门亲事，并且明确告诉他，假如考不上学，就回来成家。那个女孩子的照片他看过了，并不喜欢，更不想重复父母亲那样一成不变的生活。也许是这个原因让他辗转难眠。午夜时分，他又听到了北方田野传来的若有若无的歌声，那调子里，似乎裹着无法言说的忧伤，触及人的心灵深处，仿佛里面裹了一团线，线头就递交到了他的手里，现在他只需要顺着线头找去，答案就会揭晓。

黄河滩的夜晚星空低垂，硕大的星斗在前面照亮道路，他走出家门，爬上大坝，在夜风的鼓动下，那歌声越发低沉真切，他蹲下身子仔细辨别，发现声音竟然是从脚下的草丛中发出来的。嗅一下气味，闭着眼睛他也能分辨出那是马唐草。白日里几乎被割干净的地方，这一会竟然又生出了新叶。那些雄浑的调子应该来自没有被铲掉的草，而稚嫩的音符，大概就是新生的马唐草发出来的。它们的歌唱，它们的迅速复生，让年轻人大惊失色，他就那样蹲在草丛旁边，不知道过了多久，一滴泪顺着眼角滑落下来，第一滴泪渗入土壤，继而像开闸的水一样，他的泪滴连续不断地落进脚下的草丛里。

风声暂时停歇了，有夏虫鸣叫，北面的黄河中有涛声传来。可是，这不是李之仪笔下的江水，可以从江之头顺流而下，在江尾处有人微笑相迎。这也不是江北的运河，可以从两岸听到淘米洗菜的嬉闹。生在黄河两岸的人，只能随着黄色的漩涡东去入海，没有一处码头供他停泊，没有一张笑脸请求他停船暂问。没有马唐草的遮掩，这里的土都会被风吹到天上去，这里的麦子比人还瘦，发大水的时候，玉米棒子都沉没于水下颗粒无收。落草为人，不过短短几十年的光景，草草成长，草草结婚生子，没有明亮过，便要一截一截地滑过中天向西方坠去了，肚子里的话他说给谁听？谁又能真正听到心里去？

村人是不会懂的，当又一个白昼来临的时候，他们只会继续磨快镰刀和锄头，兑上更多的药剂，以便投入下一轮和野草的厮杀。他的父母是不会懂的，他们只会催促他赶紧下地，多跑几趟，让玉米棒子长得再大一点，粒子再沉一点，秋后的亲事也就有了着落。他的伙伴们也不会懂。他们会怎么说呢，对，他们会说，仅凭着夜晚听来的一段调子就足够让人远走他乡，这是脑袋被驴踢了，是扯淡。所以，年轻人决定离开。没有人知道他最终去了哪里，人们只是在大坝上发现了一丛被压扁的马唐草和几只鞋印，踢踏的脚印似乎徘徊了许久，有的指向东方，有的指向西方。再往后，那几个鞋印也不见了，它消失在马唐草不断蔓延过来的绿色波浪里。

月光静静地走来，洗礼着俗世的尘埃，慰藉着苦涩的心灵。当人与草的斗争不再剑拔弩张的时代来临，人们终于有了时间坐下来讲述一些故事，聆听一些声响，于是，村庄里陆续有人听到那种辽阔悠远的调子，逶迤连绵，恰似一个游子对脚下的草地捧出无限柔情。听到的人们叹口气，想一会心事再迷迷糊糊睡去。不敢多听，听多了这样的调子人会垂泪，即使在暗夜，这泪滴也是亮晶晶的，如同雨后马唐草叶上滚动的雨珠。

青花记忆

是周末的日子，有闲散的心情和几件必须去做的事。悬铃木在头顶制造出一片阴凉，但其他地方，热得没了章法。

从上午十点到下午两点，用了四个小时的时间，方才把和汽车相关的事办理妥帖。匆忙赶去商场，人困马乏。没有睡午觉，整个人累得像一颗脱了水的蔬菜，恨不得身边有一张床，咕咚一声立即卧倒。一楼的超市里，蔬菜正在打折，满眼所见纷乱的人群，促销的标语以及琳琅满目却与你无关的商品。突然发现了它，在置物架上，橘黄色的灯光照耀着，一派安然的样子。先前没有着落的心，突然变得安静下来了。

青色的碗，中间两朵绽放的花，是牵牛花。用彼此勾连的藤蔓作为点缀，起烘云托月的效果。碗口是深褐色的包边。拿起，沉甸甸的。质地并非特别细腻的，反而像小时候的瓦盆，厚重、笃实。毫不犹豫地买下它，一路小心翼翼地拿回家去。是这么打算的，里面可以盛放几道开胃的小菜，瓷质的杯盘，同样质地的勺子，一经触碰，叮当作响，唤醒一个清新的早晨。

乡下的早晨却是安定而寂寞的。祖父的家在村子的最北边，再往北，就是广袤的田野。那房子青砖地基，土坯垒成的墙体。经过多年风吹雨打，已经有了孔洞和斑驳。那个院子，我多次进进出出，院子里还长着一棵老槐和榆树，很少有花，院子被树荫遮得严严的。

清冷的早春，祖父从坛子里挟出一碟子咸菜。一般是腌萝卜，切成条，有馒头和玉米粥，简单的早餐。碗和盘子一律是厚厚的。有时，会在萝卜条上滴一点香油。冬天，坛子里装的是咸萝卜丁，搀一把煮熟的黄豆。我们那儿把这个叫作“豆豉”。腌了的水萝卜有什么好吃的呢，好吃的就是那一点黄豆。诓干粮下饭罢了。他挑黄豆粒给我吃，自己吃萝卜丁。看我嚼得香，就很满足地呵呵笑了。

乌沉沉的坛子，永远放在四脚桌上，上面用个青色的瓷碗盖住。四脚桌放在窗户边上。再往里就是他的土炕。外间盘了一盘锅台。冬天，不记得他怎么取暖，好像没有炭炉子。小屋里，永远弥漫着一种陈年粮食的气息，窗台上，胡乱堆放着他走路时捡拾到的杂物，铁质的、塑料的、玻璃的、几穗子高粱、一团红色的头绳等等。

另外还有一个坛子，也是土瓷的，上了绿釉。主要用来存放鹅蛋。祖父家靠着池塘，但是他很少养鸭子。鸭子太野，经常把蛋生在外面，操心。祖父养鹅。几只鹅，一身洁白的羽毛，扑扇着翅膀嘎嘎一叫，显得非常精神。白天它们在水边吃野菜，吃草芽子，也吃鱼虾。傍晚自己回来，很省心。春天白鹅生蛋的时候，祖父给它们喂加了玉米面的野菜。大白鹅很勤快，一天下一个蛋。蛋壳也是白色的，晴天干干净净；雨天会裹上绒毛或者泥巴。捡蛋的任务祖父一般都是给我留着，他不让别人跟我抢。鹅蛋存了大半坛子，祖父就拿去集市卖了，换成菜油或者盐。清明的前一天，会挨家挨户给几个孙子孙女送。一人分一个，沉甸甸的鹅蛋，拿在手里有丰盛的感觉，他自己却不舍得吃。

院子里有榆钱的味道，槐花的味道，五月里会有枣花的香气扑面而来。春天，我折一枝杏花，兴冲冲地跑去送给他。家里没人，门锁着，隔着木格窗棂看进去，坛子静默着，青色的瓷碗放到一边。也许去赶集了吧？一只灰鸽子站在房顶咕咕地叫，我恶作剧地朝着它扬了扬手里的花，它扑棱一声，飞走了。我笑着，把花别在了祖父的门鼻儿上。

蒺 藜

逆光看去，他手指上的绒毛一清二楚。那是一个娇柔的世界，娇柔到目光一旦不集中就会忽略它的存在。那时，晚来的风正在献出它的香气，他也献出了他的心。

“扎扎果”，他像在自言自语，一枚青色的蒺藜果夹在他细细的手指间，“你可得小心，很容易扎到脚的。”他的目光从蒺藜扫到我的脸上，飞快地一瞥，有温柔的光。

清脆的铜铃声回响在晚风里。在羊和他的周围，植物仿若天上的群星散布在大地上。在众多的植物之中，蒺藜是天然的暗器。它隐身于黄河大坝的草丛里，成为村庄抵御外敌的第一道屏障。只有生活在村庄里的人，才能明确地辨识它隐藏的方位，了解它的成长动态。我是初来乍到的，免不了挨了几次扎。忍不住喊疼，泪水滑落。他是我痛苦的见证人，也是解救者。他教我怎样识别那些带刺的植物，告诉我走哪里安全。他和外祖母住在同一条胡同里，论年龄，他是哥哥。人长得平头正脸，可惜从一生下来就是个瘸子。

都说瘸子阴狠，可他从来不惹事。“烟台啊，是个忠厚孩子”外祖父一边从地垄里薅出一种细细的草，一边说。大人去园子干活的时候，女孩子凑在大坝下玩，瘸子一拐一拐，从这边溜达到那边，给我们指点着那些秀出的蓓蕾，兴味盎然。在他的眼底，我看出一汪绿色的倒影，清澈、安详。真的，如果没有后来的事，我会以为姜家街的岁月跟村后的大河一样安静。

外祖父给我买了一个泥模子，那天，我和玉凤她们玩得正起劲。

“这——谁呀？”

“哈！哪个庄来的？”

“和睦庄（我们村庄的名字）。”我回答。

“蛤蟆庄？蛤蟆庄，蛤蟆庄，掺和掺和烂裤裆。”阴阳怪气的声音从背后传过来。一个黑脸皮的男孩，朝着我们摆出青蛙跳的样子，躬身，弯腰，头从裤裆下露出来做鬼脸。玉凤小声告诉我，这就是成刚，他爹是队长，他很坏。

我的脸涨得通红，自从来到姥姥家，看见的都是和善的面孔，从来没有人这么无礼过。正在我不知如何是好的时候，成刚看见了我手里的泥模子，让我把泥模子给他玩，否则就得挨揍。

大人们都在坝外的园子里忙碌着，大坝下的我，赤手空拳，除了刚刚认识的玉凤外，没有相熟的朋友。我既愤怒又胆怯，模子攥在手里，不一会就汗津津的了。

“你别太欺负人了，她是客……”瘸子赶着两只羊，从大坝上下来。羊蹄子踢踏起细细的沙尘，他一拐一拐紧着向这边赶，走到跟前，气喘吁吁的，带过来一阵潮湿的风。

“欺负她咋了？”成刚一把揪住瘸子的褂子，向一边扒拉着，往我跟前凑，做出要打人的架势。瘸子一个趔趄被推搡到一边去。我紧紧盯住那个黑黑的脑袋，鼓足一万分的勇气，准备在万不得已的时候，将模子扔到那脑袋上去。瘸子被推搡到一边，却没走。他站稳之后，走到成刚跟前，继续瞪着他。大概没有料到瘸子的举动，成刚的嘴角抽搐了一下，又把大脑袋转向瘸子。四目相接，空气中似乎爆闪出火花。在周围人来不及叫喊之前，一胖一瘦，两团身影扭打在一起。有咆哮，也有嘶喊，挥动的拳头，拼力支撑的腿，滚倒在地，腾起的沙尘遮蔽了我的视线，分不清滑落的泪水到底是因为迷了眼还是因为恐惧。当大人们终于闻讯赶来的时候，瘸子的褂子被撕烂了，半截袖子敞开，右眼角一块乌青。成刚的一侧耳朵在淌血。有几滴渗进了脚下的沙土，快速地吸收，那个小点成了暗红色。

那一仗，瘸子打出了自己的威风，此后很长一段时间都没有人再敢公然冒犯他，也没有人再为难过我。但成刚不会轻易罢手，他挑唆村里的男孩子都不和瘸子玩，用一把花生或者几粒弹子做交易，轻易织就了一张网，把瘸子覆盖其中，无法逃脱。恶意和恶毒，是孩子天生具备的劣根性。捉弄一个瘸子，对他们而言得心应手。比如在场院里看电影的时候，趁着他站起时，从后面突然抽走他的座位，让他摔个仰八叉。从街道拐角处突然从背后发动偷袭，他的身子扑倒在地，结结实实地腾起一阵沙尘。他的头抬起来，这样的时候，一侧脸颊上沾满细沙，墓碑般的底色，眼眶里蓄着一汪泪水。这种恶作剧从野外发展到学堂，隔几天就上演一次。直到有一天，他的父亲带他离开学校，他牵着两只羊，开始过另外一种人生。不只是被伤害，他也反击。用细细的胳膊，用自己的拳头，用嘶喊和牙齿，但细水长流的时光里，那些未知的、猝不及防的、随时隐藏在墙角拐弯处、池塘边、大树下的伤害，最终让日子疲惫不堪。

小学校的老师说："瘸子是个聪明孩子，拼音一学就会，字也写得周正。不念书，可惜了……"小学校迎接上级检查，老师让每个学生准备一本课外书。喜宝拿来的书，皱巴巴的，带着一股子霉味儿。成刚干脆没带，被老师揪着耳朵拎到教室外面罚站去了。老师说，表现最好的是瘸子。他爹专门跑到镇上的供销社给他买了新书。新书交上去，封面工工整整写了“姜继光”的大名。等发回来，不知谁在名字旁边画了一只乌龟。那笔画弯弯绕绕，蚯蚓一般盘曲着。喜宝发现新大陆一般怪叫着，举着书满讲台跑，“快来看啊，大王八，姜继光！”我们都闻声赶来，围着看，也笑，笑书上弯弯绕的“大王八”。他瘸着腿，追着喜宝，脸红得像一块大红布。那本书在很多人手里辗转，最后回到他手里的时候，书皮被揉得皱巴巴，像个猪肚子。大家笑得更欢了。突然，瘸子发出一声凄厉的哀号，两行眼泪奔涌而出，他发疯般地撕扯着那些书页，碎纸屑一片一片落到地上，他脚下的地面像落了一层白白的雪。那一刻教室里死一般的安静，像极了落雪之后的田野。老师赶来的时候，事情已经结束了。轰隆轰隆的，桌凳齐响，大家迅速各就各位，只有他的抽泣声，一顿一顿，从后排忍不住地传来。当着父母的面，当着老师，人人都是乖孩子，但无聊的游戏，在远离大人视线之外的地方，反复上演。太阳每天升起，新的作弄和刺激不断升级。单调的小学生活里，恶作剧几乎成了节日。我不施恶，但，也是其中的观众之一。虽然他曾经那么真诚地护着我，但在浩渺的童年时光里，善意常常显得那么微不足道。烛光摇曳，亮光并不能照到多远。成年之后，当我也做了老师，训斥恶作剧的学生时，未免不想起这些。那无聊的聚拢过来的脚步，控制不住的笑，幸灾乐祸的笑，一点点提示了一个瘸子和健全人的不同。每每想起这些，心里总有一个地方隐隐地疼。

痛苦和羞耻常常相生相伴。儒家温柔敦厚的思想在我身上真正起作用，是多年之后的事了。我不欺凌弱小，却少有勇气制止邪恶。我总是比受难的人先蓄满了泪水，却没有勇气喊出一声：“住手！”，更没有勇气去搀扶起地上的苦主，替他拂去衣衫上的灰尘。几十年后，我所在的学校也有一个残疾男孩子。每天会在临近开饭前，先于其他同学离开教室，去餐厅吃饭。小学时，他的奶奶负责接送，奶奶是他的腿。那个老人，经常提前一会到校，她被特许在教室门口接孩子。距离放学还有一段时间，她的自行车早早地停在室外，她点燃一支烟，烟雾缭绕里，听室内书声琅琅。生活的纹路，在她脸上，不但没有显出潦倒，反而有了另外的一种表情。那是……高贵？继续说说那个残疾男孩子吧，餐厅的门槛很高，大约五十厘米的样子，男孩子需要一只脚撑地，高抬起另一只脚，同时双手抓牢门框，才能迈进门槛。在饥肠辘辘和可口的饭菜之间，他需要通过的考验是如此真切、现实。我常忍不住要施以援手。轻轻地扶一下，或者给予关爱，他通过考验就变得如此容易。但我最终忍住了。漫长的人生，教会了我一些常识，生命中的快乐，潜藏地下，真正能够开掘它的人，最终还是自己。所以，我忍住，抽回自己的手。多少次，看他就那么艰难、倔强地翻过门槛，走向自己的座位，一旁的我轻轻松了口气。假如他的祖母在，会不会跑到门槛边扶助一程呢？也许会，也许不会，因为我们都懂，人生的搀扶，总是有期限的。

而童年时代的我，几时曾经扮演过搀扶的角色，在他需要一份倚靠的时刻？和那个小名叫烟台的瘸子之间，除了和外祖母共同住在一条胡同里之外，实在没有再多的纠葛。上小学三年级的时候，我回到了自己的家。偶尔去外祖母家，能够在胡同里迎面遇到。视线相遇，他的眼神里，那种清亮亮的东西深藏不见，似乎它们在生命的偶尔努力中不辞而别，去了他乡，再也没有回来。

听说辍学之后，瘸子的口袋里就多了一把弹弓。在黄河大坝行走的人，经常看到一个瘦小的男孩，赶着几只羊。羊低头吃草，男孩就在一边练弹弓。田野空旷，大树枝叶婆娑，那个身影有时直立，有时半蹲，他把弦拉得很满、瞄准，嗖嗖的声音，载着眼底的火焰，射向远处。砰砰的弹子落地声传到很远。虽然，他也不知道这敌人究竟隐匿在何方。

但为了避免腹背受敌，他把自己变成了一颗蒺藜，隐身于田野，随时随地向着来犯之敌张开身上的刺。天长日久，那棵做靶子的大杨树下就积攒了无数的小泥丸，打远处看，跟羊粪蛋蛋差不多。谁也分不清装在他口袋里的，是泥丸还是羊粪蛋。总和羊混在一起，他身上也有了一股羊的气味。黄河滩上的风，一年四季地吹。能吹走羊的气味，却吹不走他的快乐或者忧伤。

谁知道他的快乐或者忧伤呢？我们都不知道。男孩子都不和瘸子好。他就对羊好。对着羊唱歌，对着羊笑，站在高处朝着坝外“啊啊”地喊。风把树叶摘下来，撒在他的头上，撒进他的衣领子里，他晃晃脑袋，把叶子拿下来，用一侧胳膊支起脑袋，朝着太阳看，一看老半天。

秋天，蒺藜果已经变得很硬，向外张开的刺，防范了别人，也时常扎伤了自己。有个关于他的传说，据说谁得罪了他，谁家的鸡鸭不久就会被打瘸了腿。用弹子打的，在那家禽的一条腿上留下发白的弹痕。还有庄稼，莫名其妙地被人连根拔起，也有人说是得罪了瘸子。最有鼻子有眼的，说成刚今天骂过了他，第二天成刚的自行车胎就被扎了钉子……瘸子唯一一个朋友是护堤员老陈。俩人经常在大树下摆好阵势下棋。别人的话传到老陈耳朵里，他竖起大刀眉，直愣愣地瞄着对方说：“怎么！谁这么缺德编排瞎话？烟台啥样我最清楚！”树下乘凉的人哑了口，谁都不再说话。只有纸烟腾起的雾气，遮住了一张张各怀心事的脸。

都说瘸子心狠，都说很少见到他笑。其实不是。村庄里放电影的时候，他坐在蓝荧荧的银幕下，也笑。荧光让那笑容显得很诡异，眼睛眯成一条缝。缝隙间翻涌着隐秘的心思。待到眼睛恢复成正常大小，那隐秘的亮光不见了，别人看到的是一层森严的壁垒。似乎那小小的心脏里藏着一块冰，谁都无法暖热。

我相信，人的疼痛是有记忆的。成年之后，每当我行走在大坝下面的沙地上，脚底的某处地方总会突突发颤。尽管我穿了底子厚厚的鞋子，但当初被蒺藜扎痛的感觉，冲破几十年的时空阻隔，一点一点提示我曾经的真实。我用眼睛仔细寻找，夏日的草丛里，总能发现它们的痕迹。匍匐在地下，长着羽毛状的复叶，在鲜绿的茎上，开着嫩黄的小花，结着浑身是刺的果。每到此时，我总想起童年的那一幕，那双柔嫩细长的手，手指间夹着那种碧绿的小球，他告诉我说："这是扎扎果……我教你个歌吧，'不大不大，浑身是把'，唱的就是它了。"我很快就记住了那歌谣。和同伴们一起哼唱的时候，我知道自己已经融入了那个集体。从那时起，我像一粒沙，在温暖的黄河大坝上，开始了自由而又漫无目的的流浪。而最初引领的人，已经越来越远地离开了我的视野。关于他的一切，几乎都来自茶余饭后的口耳相传。

听说他一直难成亲，谁会嫁给一个放羊的瘸子？快三十岁的时候，终于找了个外地媳妇。为了怕女人逃走，瘸子的爹娘轮流在门口的小屋守着，夜里睡觉都要睁着一只眼。那个外地的女人，我见过一次，在门前的树荫下乘凉，她的眼睛扑闪扑闪的，那是烟台家的小院子关不住的。

多了一个人，瘸子的生活开始增加了人间烟火。在他面前，似乎打开了一条向村庄和人群靠拢的通道。厨房上飘荡起炊烟，院子里的铁条上多了红红绿绿的衣裳。人们和他开玩笑，他也跟别人开玩笑，他融入了正常人的生活轨道。他到小卖部给女人买卫生纸、卫生巾、买装在袋子里的小零食，像宠溺一个孩子。舅母曾经跟我说："别看烟台瘸，对媳妇可好呢，啥都听她的……"清明前，我随母亲去给外祖父上坟。很冷很冷的天，风把落叶都卷进了路边的水沟里。道路上的残雪被路人踩出了泥泞，鞋印和车辙交叠在一块。几乎没有人出门。从窗户往外看去，有一个人斜着身子，腋下夹着个蛇皮袋出了村。舅母说，那是烟台。他媳妇病了，想吃鸡，他去赶集呢。窗外的身影，在萧瑟的风里渐行渐远。那头颅，在柴垛和房舍之间起伏，像个水葫芦时隐时现。

转眼几年过去。同龄的女孩子都嫁了人，成年累月没了联系。倒是男孩子的消息时时听到。成刚混得大发了。干建筑，成了包工头。他自己没有生养，抱养了一个儿子。他的老婆成年累月一副受气模样，脸皮黄黄的。成刚除了过年几乎不回家，赚了钱就去找小姐。喜宝呢，学习成绩不好，好容易混了个初中毕业证。看到别人偷石油发财，自己也跟着去，也该着他倒霉，第一次去偷就被逮着了，进去关了两年。偷油卖的钱还不够打官司找人花的钱多。等放出来，家里值钱的东西都折腾光了。再后来，他进城去打工，留下家里老爹老娘守着一座逐渐老去的院子。做正经营生的、有本事的年轻人都往外走，不做正经营生的在村庄里也待不住。剩下来的，只有老弱病残。许多院落，人迹稀少，野草长满了院子。瘸子是留守村庄的一员。他没有给村庄增光添彩，也没有抹黑，所以，无论他或者村庄乐意不乐意，他一直在这里。

依旧每天放羊，弹弓依旧装在口袋里。刮风，就去大坝下避风；下小雨，就在头顶罩个肥料袋子，像个拱出地面的蘑菇。他放的羊的数量时多时少，在他这里，没有季节的更迭。街道瘦小，月亮荒凉，直到有一天，突然听说他的外地老婆跟人跑了。再也不用整夜整夜地看守，除了他，似乎所有人都松了口气。

女人在的日子，待他并不好。夜里不让他进屋，他就蹲在门边，或者蜷缩进厨房，像一只流浪的动物。四肢抱紧，向内收缩自己来取暖。黑夜冷静，他蹲在那里，活脱脱一块石头。只有在月亮钻出云层的时候，才能看清眼神里闪出一抹蓝幽幽的光。女人偶尔心情好，给他煮一锅汤面，他呼噜呼噜地吃掉，抹抹嘴，像过年得到礼物的孩子一样闪着感念。女人嫌他身上臭，不让他挨身子，甚至把他的被子扔到了羊圈里，他一声不吭，扑打扑打被窝上的羊粪蛋，抱到灶间，在那里凑合一夜。在他死后的岁月里，偶尔我会设想这样的场景——暗夜里，灰色的眼睛和灰色的胡子上沾满牲畜的气味，他活着，委曲求全，只为了保全一个家的模式。他早出晚归，安守着黑夜，安守着古老的教训。白昼不断移动，他始终沉默，直到把自己揉进那卑微的藏身处的黑影里，他才敞开自己。那间屋子，低矮，有着几根木制窗棂。北风送来河流的回响，窗外，有夜行的鼠类和刺猬的脚印。

女人走了，瘸子重新成了一个人。没了亲近人群的理由，他的生活又回到了从前的轨道。人变得更加沉默。石像一样，在田里站着，一站好半天。只有鞭鞘的红绒线在风里猎猎飞扬的时候，才能看出一点活气。也就是那一年，我带着上幼儿园的孩子去外祖母家，他赶着羊群从坡上下来，狭窄的街巷里，羊和他在我的对面停下。我跟他打个招呼，他认出了我。突然咧嘴想笑。嘴角很局促地展开，充满生涩。那是隔绝了多年的记忆，似乎他也刚刚从记忆里寻找到如何向对方释放笑容。都说两种人不会老，一种是疯子，一种是瘸子，他们都比常人老得慢。但我看他的眼角额头，却已经添了些皱纹。“这孩子，一看就伶俐……”他把赞许投向我身边的儿子。他的声音，似乎隔着远远的时空传来，还有那飞快的一瞥，温柔的光——许多温热的东西在我心头苏醒过来，而眼前的现实又让人心酸。儿子看到羊群，表现出了极大的热爱。他很热情地挑了一只纯白的羊羔抱到儿子跟前，让儿子摸羊身上的毛，揪着羊耳朵让它鞠躬，逗得孩子咯咯笑。他也跟着咧嘴。那是我最后一次见到他。

据说，人生至高的幸福，便是感到自己有人爱。在与世隔绝的地方，体会到一个人的忠实。他有没有过幸福？除了羊，谁忠实地爱过他？也许只有他自己知道了。和黄河滩上的很多人一样，他一生的脚印，就印在不超过村庄几华里的范围之内。秋天到来的时候，他会搓一些植物的叶子，用纸卷成烟卷。然后，等待夜晚降临，准备进入他的天堂。

“有什么办法呀，日子总得过下去。”

他的目标不是有朝一日过上富有的生活，而是把这样的日子一天天过下去。其实不只是他，这样一天天把日子过下去的，也有我和我们。

在时间流转的某一天，各种甜蜜的、忧伤的、平淡的或者传奇的记忆，都会因为一个人的离去而终结。这个人，或者是至亲，或者和我们没有任何关联。即使没有多少关联，心还是在听到消息的那一刻突然暗下来。瘸子死得很突然，也很莫名其妙。一个初夏的傍晚，他倚靠在村庄外的一棵树下死了。看不出快乐还是悲伤。人们发现他的时候，身子都凉了。

村里德高望重的老先生说：烟台死得没啥问题。

是的，没什么问题。老人们都说，瘸子的罪受完了，享福去了。年轻人该干啥干啥，村子里多一个人少一个人他们都无所谓。当夜，整个村庄里只有一个小男孩面带喜色。晚饭前，他悄悄挨近母亲，从衣兜里掏出一把弹弓，带着一丝神秘，一丝炫耀的神情递过去："我在河堤下捡到的……"他母亲皱了皱眉头，突然一把抢过去，远远地扔到了墙外。

"洗手！"

艾草是一首古老的歌谣

雨后石榴树上缀满水滴，先前灰蒙蒙的叶子，被雨水冲刷之后透出了油亮，叶脉仿佛工笔描过一般。雨水使得鲜艳的花朵反倒多了一些沉寂。石榴花是我童年时代喜爱的花，层叠的花瓣拱卫着细细的花芯，开放在暗绿的枝间。我喜欢凑近那小小的花盏闻一闻清香，淡淡草木的气息。

石榴花开得繁盛的时候，时序也被推进到了农历五月。“重五山村好，榴花忽已繁”，陆游诗中的“重五”即指端午。为了迎接这个节日，商场里早早地挂出了标语，卖粽子的冷柜里，各式各样的米粽、肉粽琳琅满目，等待人们挑选。然而，山东旧志书上却从没有关于纪念屈原的记载，民间也多不知屈原为何人，“纪念屈原”一说是后来从南方传入的。从楚地风俗来看，包粽子，需要稻区出产的糯米；赛龙舟，需要广阔的水域，对于黄沙弥漫的北地来说，自然是行不通的。黄河岸边的人家进了五月，有另外的活动安排。

香荷包

听外祖母讲，她小的时候最忘不了的“大事”，是赶在端午节前做艾叶香包。

春日里，撒了艾草种子在院墙外，等它们噌噌地蹿起了个子，绿油油排山倒海一片了，她便和姐妹们挑拣着不老也不至于太嫩的艾叶掐下来，洗干晾净，搓捻均匀备用。除了艾叶，荷包里的香料还可以加些中药材。缝制香包的材料，贫寒人家多用零碎布头，讲究的要挑选好看的花布。缝制香荷包要用花线，所配线的颜色和布的颜色相近才显得熨帖、精致。至于荷包的形状，外祖母回忆说有三角形的，有圆形的，也有元宝形的。三角形的荷包缝制起来，有点像裹粽子，用一块长方形的棉布缝制成虎头粽子的样子。那些个针线活讲究的姑娘，还要在香荷包的两边缉上花边，边角带上彩穗，送给心仪的男青年。圆形的，或者桃形的，大多是留给自己或者女伴的，系在衣扣上，当作装饰品。元宝形的，大多是送给小孩子挂在脖子上，据说有驱虫辟邪的功效。

一夜飞针走线，清晨起来挂着这样小巧玲珑的荷包出门，或者自己用，或者送人，在人在己都是一件美事。

我在本地1987年版的《滨州风俗志》上找到了缝制香包所用的填充材料，“内装的香药是麝香，或者用丁香、白芷、苍术代用者”，这里面我存了一个疑问。丁香、白芷、苍术等香料有温补的作用，用它们来填充荷包可以理解，但“麝香”这一味药让人存疑。“麝香”，麝香又叫遗香、脐香、心结香、当门子等，是雄麝的肚脐和生殖器之间的腺囊的分泌物，干燥后呈颗粒状或块状，有特殊的香气，有苦味，可以制成香料，也可以入药。但麝香对孕妇而言是禁忌之物，应当远离。今夏读宋乐天《无尽绿》中有杭州药店向市民、游客免费发放过节的中药香囊，其中配料为苍术、艾叶、藿香、白芷、山柰、丁香、檀香、陈皮等。端午节天气日趋炎热，毒虫频出，所以，家乡的这本小书中的“麝香”或者应为“藿香”吧。

长命缕

到我记事时，留在记忆里的和端午节有关的是另外一件事：打五丝。

《滨州风俗志》记载：“五丝，又名长命缕。是用红、黄、绿、蓝、黑五色线拧在一起的细绳。传说五色丝象征五色龙，可以降服鬼怪。青少年用以缠在手腕、腿腕、发辫和脖子上。”在另一本《青岛城市民俗》中，也有类似的记载，有区别的是丝线的颜色是“红、黄、白、蓝、黑”，系五彩丝线的功效同样是驱邪避灾，使孩子免受惊吓，因此，五彩丝线也称“栓命索”。

那天清晨从睡梦中醒来，窗外的石榴树上，雀鸟的啁啾声似乎格外嘹亮。外祖母笑盈盈地帮我穿好衣服、鞋子，让我坐在炕沿上先不要下地，她转身从针线簸箩里取来一团不同颜色的丝线，在我的胳膊上比量一下长短，然后，那搓捻好的线绳被外祖母郑重地系在我的手腕上。棉质的线，红色，黄色，藏青色，湖蓝色，等等，混搭着在一起十分好看。

“好了”，外祖母把我抱下来，声音里透着一股轻松。脚一着地，我便迫不及待地穿过天井跑到大门口去炫耀一番。一抬头，黑黢黢的木门上不知何时已经插上了艾草，凝滞的建筑与流动的绿意之间形成了鲜明的对照，孩子们最善于发现这样的变化。街道上的行人已经不少了，我看见挑着水桶的男人，牵着羊翻过大坝去的女人，还有跟我一样胳膊上打了“五丝”的女孩子，在这个不寻常的日子里，从门前路过。站在大门口，我悄悄挽起衣袖，摸摸那丝线，一方面觉得自己很神气，又隐隐觉得自己有了某种神秘的呵护，可以放开胆量去尝试一些事。长大后读到汪曾祺《端午的鸭蛋》一文，写到这样的句子：“系百索子。五色的丝线拧成小绳，系在手腕上。丝线是掉色的，洗脸时沾了水，手腕上就印得红一道绿一道的。”这样的细节，读来亲切。小小的线绳，自成一种无声的言语，寄托着对后辈的庇佑。多年之后，每当时令接近端午，我总怀想起手腕间那五彩的一团，还有木质的大门那插了艾草之后发散出来的清凉的幽香，也想象那油灯下一颗心如何因怀了希望而欢悦地忙碌。每次回老家，遇见白发的婆婆，总会让我想起外祖母那温暖而多皱的手，想起她给我打五丝做荷包时的笑容，那么遥远，那么温柔。

与艾草相关的情节

端午处处草木香，不过，真正的主角还是要归于艾草和菖蒲。进了农历五月，小区里，街道上，便时不时看到有提着艾草菖蒲，一路走回家去的人。

在某个节日想起某种草，突然有那么多的人对它们发生兴趣，有那么多张嘴同时在讲述和它有关的传说、典故，这突然的热情让人多少有些尴尬，显得对对方不那么虔诚，显得临时抱佛脚，但在岁月的轮盘上，转到那一格，万物才能各就各位，急不得。

栖身于黄河滩腹地低矮苍绿的艾草，是外祖母很早就开始留意的。很多次，她踮着小脚去田野探查，装作若无其事地去拔一篮子野菜，顺便揪一揪艾草旁边的野花，捡一捡旁边的杂草叶子，像守护一个遗落在荒野的孩子。但这一切又不能做得太显眼，土地是大家的，草也是大家的，总不能在一束野草旁边插个牌子据为己有，那会让人笑话的。很多个夜晚，村庄睡着，采艾草的人醒着。泥土睡着，遥远的牵挂醒着。季节睡着，朴素的愿望醒着。也有很多次，我跟在她身后，学着她的样子在一丛艾草前蹲下身来，像蜻蜓之于新荷的依偎。我看见洁白的露珠在艾草茸茸的叶子上凝结，拔下一束艾草，那带着新鲜土粒子的根须似乎发散出微热的温度。

母亲生病之后，我被送到了外祖母家。当她终于可以从儿女堆里爬出来安闲度日的时候，我又来到她身边，带给她新一波的忙累。我这一株苗苗，生来黄瘦多病。在我这里，即将开展的是一段不断翻捡的温馨记忆，对她而言，却是头上顶碗，一边要照顾家中的老小，更要分一部分心出来呵护我，小心翼翼，生怕有什么差错。

外祖母是个出了名的干净人，年轻时，见了鸡鸭都是绕着走，做了母亲，为了诳鸡屁股里那个蛋，她常去田野剜菜，一双裹了的小脚，在黄沙路上一走一个坑，走一趟不知道要从鞋子里倒出多少沙土。野菜拔回来，满满一篮子，把土抖落，放在木板上细细切碎，再拌上玉米面和麸皮，就是鸡鸭们的美餐。她常说："鸡呀，鸭呀，牛呀，都是个性命儿，都得供着、哄着才行。"野菜晶莹的汁液随着刀起刀落溅到她的衣服上，留下苍绿色的底子。手上的野菜渍洗了又有，总也洗不净。她的布衫上便也常带着一种野菜的清苦气味。我喜欢依偎着她睡去，窗外是沉寂的村庄，灯火如豆，古老的黄河缓缓东流。室内，她有时纳鞋底，有时转动纺车纺线。盘腿坐着，用一根锥子在鞋底扎出孔洞，再把穿了麻线的针纳进去。夜晚便回响着"噌噌"的扯线的声音，很有节奏。

有时候干活累了，她便放下手里的活，揽着我，哼唱黄河滩上的歌谣：

老母儿奶奶，好吃韭菜；
韭菜腥气，好吃公鸡；
公鸡有毛，好吃鲜桃；
鲜桃有核，好吃牛犊；
牛犊跑得快，拉下桌子摆上菜。

我们这里管月亮叫“老母儿”，在乡人口口相传的讲述中，月亮上住着的不是嫦娥，而是一位勤劳的老奶奶。老奶奶天天摇着纺车纺线，没有一天得闲歇息，这是极好的言传身教。我想，也只有下力气干活的人，才有资格挑剔饭食吧？“拉下桌子摆上菜”，后面的这一句越唱越慢，月光照耀着模糊的一团，耳畔是宁静的天籁，偶尔有狗叫声远远传来，感觉有一个盛大的宴会即将开启。我依偎在外祖母怀里，盘算着吃什么才好呢，如果让我选择，我是不会像老母儿奶奶那么挑剔的，最好是每一样都尝一尝。

外祖父年轻时在南方当兵，外祖母在家，除了当好儿媳和母亲的角色之外，一颗心还分了一半给南国的风雨。多年之后，当我的眸子望向村北的黄沙小径，看见她的身影匆匆而来，两耳倾听裤脚抚过草丛的窸窣。土地印下了她的足迹，粮仓印下她手指的温度，家里的生灵们体察她的怜爱，但是风风雨雨，从春到秋，没有人接过她肩上的柴草，没有人帮她挎一会胳膊上的篮子，更没有人在风雨中给她撑一下伞。湿是她的湿，冷是她的冷。

记忆中，没听过她说别人的坏话，不埋怨天，不埋怨命。那个本该撑伞的人，给她遮风挡雨的人在南方。隔山隔海，成年累月回不来。外祖父有信来的日子，她最高兴，走路都轻快了好多。没有音信，她也笃定地守着那个小小的院子过下去。好容易外祖父回来，偏偏又赶上生活困难，大人饿得前心贴后心，最调皮的孩子连爬树的力气都没有了。她千方百计淘换吃的，避免老人孩子饿死。外祖父去湖边打草籽，她就去野外挖野菜，用钩子钩树叶子，然后掺和上米糠做成团子。母亲说亲眼见到外祖母一边揉那些野菜里的苦水一边掉眼泪。菜团子做出来味道都是苦的。

母亲跟我讲这些事情的时候，我刚好在橱子中翻捡出外祖父从军时的肩章，看已经卸下戎装的他和外祖母在打麦场上挥汗如雨的劳作，我坐在老屋前的台阶上，感受到日暮和黄昏在我背后流转。一颗心曾经如何去暖热生命中的苦和凉？多年之后，当我面对一汪湖水，黄沙漫漫的童年中那个清凉的村庄在记忆中逐渐苏醒。我也逐渐学会接受那苦，学会归于平和，我想，那是他的和外祖母的品性在不知不觉间浸入我的血液，构成了我的筋骨。

黄河滩上风大，风一刮，村庄里便落下一层沙土。太姥姥的气管不好，每个黄沙弥漫的季节都在她长长短短的咳嗽声中过渡。每个夜晚临睡前，外祖母便将一只盛满沙土的碗放在太姥姥的床头，让她夜里把痰咳在碗里，清晨倒掉，再换成干净的沙土。外祖父在家的日子，这些事情他做，他不在，外祖母代劳。昏黄的灯光下，我看见外祖母已经灰白的头发，灯光把她的影子投射到墙上，似乎有一种庄严的仪式感。记忆中，她做这些事神情平静，这是她分内的事，不值得向外人炫耀，也不必跟儿女们絮絮叨叨成为多年之后他们必须遵从的“榜样”。仿佛一蓬野草，安于孤寂，在黄河岸边这个籍籍无名的村庄里，从容安放她的命运，埋没于黄沙和永世的卑微。

初夏的竹篮里除了野菜、瓜果，也会多出一些艾草。野生的艾草辛辣中带了一丝甜味，似乎蛰伏了许久的情意，只等着季节一到就泼辣地释放出来。那是一团火，等着机缘，就去温暖冰凉的血脉。当它被采集，曝晒，在阳光下逐渐褪去苍绿的颜色，捆扎成一束束，挂在乡村的门楣，发散出来的幽香不但阻止了蚊虫，也让黑暗中走向村子的一些东西停住脚步。五月的风是熏风，这个季节，草木都尽量舒展身体，从春初而来的生命力勃兴到了一个新阶段。譬如一个书法家的落笔，在稍显生涩犹疑之后，他写开了，写顺了，写高兴了，于是下笔更加流畅，自由。不再拘泥于规则，并且写大胆了，敢于打破条条框框，所展现出来的就是一种泼辣，豪迈，甚至是狂放。在这样泼辣的日光和风里，采来的艾草倚靠在北墙根下，外祖母偶尔来翻翻它们。她做着长远的打算。“家有三年艾，郎中不用来”，据说用陈年的艾草泡脚不生病。外祖母用自己的笃信和虔诚，自觉地担当起了一家老小的郎中的角色。

外祖父复员回来，被安排在镇上上班，骑着一匹大红马去村庄里送通知。他认真，耿直，跑一天下来，常常累到腰酸背痛。外祖母便把艾叶炒干，揉碎，放进一个棉布包里敷在他的腰上止痛。在那个黄河滩腹地的小村庄里，在一团油灯模糊的光晕里，艾草的气息像一束阳光，迟缓而透明，发散着一种让久经忧患的人鼻酸的古老而宁静的幸福。

小趴狗，戴铃铛，
叽里咣啷到集上。
买包子，浸茶汤，
哪里吃？庙台上。
谁出钱？老和尚。

在浩瀚的星空下，外祖母揽着我，轻声哼唱一首古老的歌谣。草民想象中的奢侈，无非是有热汤热饭可以管饱罢了。铺陈在这片土地上的疼痛如此厚重，幸福却又如此简单，像田野深处的艾草一茬茬割而复生。我眯着眼睛享受这一切，耳边交织着虫鸣，蛙声，仿佛自己已经处在了世界的中心。

曲曲菜

推门走出，村子里有雾，薄薄地游走在房前屋后蓊郁的树木之间。早起的村人，皱巴巴的单衣，一脸倦怠，扛了铁锹走向田野。

过村北小桥，再走百步远就是稻田。水稻长得正茂盛，齐刷刷仿佛经过修剪。两旁沟汊纵横，水半满，不呆，伶俐地从水草间穿梭而过。沟渠的坡上，生着各种各样的野菜。麸子苗、拉拉子菜、猪耳朵，都是鸡鸭的美食，而最常见的非曲曲菜莫属。

故乡的曲曲菜分两种，一真一假。真曲曲颜色碧绿，叶子平、宽，边缘锯齿细密；假曲曲颜色淡，发苍，叶子窄，边缘锯齿大。外形迥异，味道有别，都带了苦味，但真曲曲苦中带清新之气，假的味道更苦，据说人吃了假曲曲菜会恶心，头晕，所以很少有人吃它。倒是很得鸡鸭的喜爱，撒在地上，它们吃得可欢。

大约五六点钟的样子，太阳似露未露，村北的老槐树剪影一般在晨雾中矗立着。树冠浓密，一颗颗露珠，悬在叶尖，裹住一枚刚冒头的太阳，在我的眼中，炫耀着晶莹别致的五彩。

相对割稻、拔草之类的活计，剜菜实在算不上什么。对大人而言是捎带脚的事，对孩子，无非放松放松心情。母亲就经常这样说，早睡早起，出去走走清亮清亮脑子，你看人家小五！

小五是对门的孩子，排行第五，晚生子，是他爹娘的宝贝疙瘩。小五读高中，个子高高，人很白净。印象中他每天清晨第一件事就是出去放鸭，鸭在池塘边吃田螺，他就拿一面镜子卡在湾北的老柳树上，对着镜子练口型。小五的牙齿白白的，他是村子里为数不多的刷牙的人。

小五除了放鸭不干别的。娘说小五要考音乐（学院），练唱歌呢，你看人家的孩子多勤快。果然，那个夏天小五一直在练声。每个清晨，湾北崖都回荡着“咪咪咪，啊啊啊”的声音，在我们听来非常神圣。后来，连过路的外村人都知道村里有个要考音乐学院的小五。他们屏气凝神，路过这里的时候都小心翼翼地，生怕打断那些声响——音乐学院，嗯，那是让人悄悄竖起大拇指的地方。

“咦咦咦，啊啊啊，咪咪咪，嘛嘛嘛”，这是小五在唱，“嘎嘎嘎”，那是他家的鸭在唱。两种声音隔了氤氲的水汽一起传来，整个早晨变得忙慌慌的。

田间的曲曲菜很多，不一会就满了篮子。最嫩生的，留给自己吃，其余的给鸡鸭。曲曲菜蘸酱，曲曲菜炝锅下面条，玉米面里掺了曲曲菜蒸成窝头，别有一番风味。

整个夏天，小五练得很勤奋，可是后来不知为什么小五没考上音乐学院。下学后的小五在家种田，农闲时节打零工，干劳务，每天收入个三十五十，“够三个孩子一天的生活费了。”这是十几年前的事，现在的劳务费大概长到了一两百。

而今，吃腻了大鱼大肉的人们，又把曲曲菜请回了餐桌。这东西清凉败火，降血脂，据说疗效不错。挑几根水灵灵的曲曲菜入口，味道清苦，亲切。随之鲜活起来的不仅仅是味觉，更有诸多童年场景。人生在世，豪情满怀和随遇而安，都有各自的人生智慧。感叹也好，唏嘘也罢，太苦太甜终究不是人生常态。各种滋味都品尝过，才算不虚此行吧。

蒲草席

夏天，起大清早去水边割蒲草。趁凉快，连斗笠都不用戴。

我们这里管香蒲叫“蒲子”，这东西皮实，一长就成片成片的。靠水边站着，叶子扁平狭长，临水照影，颇有些仙风道骨。小时候见过有人在庄稼地里种苇子，埋苇子秸，长出来的苇子秸秆粗壮，比一般的芦苇要高大，据说价钱也很可观，但却从来没有见过有人专门种芦苇和蒲子，它们是从哪里来的呢？谁也说不清。其中的道理就像没有人能够说得清天上繁星的来历一样。但有一点我是亲眼见到的，村南的小河，从前没有蒲子，不知道从哪年春天起，几棵纤细的蒲子就在河边扎下根来，几年下来，竟然扯天连地成了气候。

入伏以后的蒲叶长足了，老健深绿，朝着蓝天舒展。倒映在水中的影子形成简洁的抽象画，值得人伫立欣赏好久。把长成了的蒲子叶劈开，看得见里面海绵一样柔软的通道。“蒲草韧如丝，妾心无转移”，软的东西，通常有柔韧的筋骨。有些蒲叶上，还带着蜘蛛的卵袋——紧贴在叶子上，摸上去是极柔软的一小团。有指甲大小，被一层薄膜包裹得严严实实。揭开薄膜，露出里面晶莹的卵。每一颗卵都能变成一只蜘蛛。破壳而出的小蜘蛛喜欢聚集在叶子上，感觉有危险了，“唰”一下，快速坠落下去，屁股后面带一根亮亮的蛛丝，像冷峻帅气的侠客带着一股子神秘。

割蒲子是男人的活，大清早就去，不等太阳升高，人已经满载而归了。把水淋淋的蒲草运回来，摊开，晒干，晒透。巧手的主妇们就能在冬天到来之前把它们变成席子。先打单层的，两床。长宽、大小都要根据自家的床铺来设计。再将双层席子的边缘织好就算大功告成了。晒透了的蒲草叶子被水浸软，在女人的指尖缠绕，带着体温和情意。一床厚墩墩的蒲席自始至终都会散发出淡淡的幽香，那里有属于河流和乡村的记忆，经久不衰。

上初中时，我在镇上住校。父亲赶着牛车去送我，车厢里除了被褥之外，还有一卷蒲席。起先我不同意带，觉得它又厚又笨，不洋气，可是母亲非要坚持让我带着，只好铺在了身下。宿舍由三大间教室改造而成，南北窗户不严实，冬天不生炉子，冷得厉害。下了自习我们就往宿舍跑，不梳头不洗脸，钻进被窝后开始打哆嗦，上下牙齿打架，有人砰砰地跺脚、跺床，似乎那样的方式能够缓解寒冷。同伴们的被褥下少不了铺点什么，有的是草席子，有的铺苇子席，也有寒酸的，铺几条化肥袋子。我旁边的同学被褥底下就铺了一块塑料布，整个冬天，她进了宿舍最常说的一句话就是，“底冷啊底冷，冻死了冻死了。”我花了好长时间才弄明白，“底冷”就是说被褥铺下铺垫的东西太少。可不是，一块塑料布多么薄。我铺着母亲编的蒲席，暄和、安稳地度过了三年，手和脚都没生冻疮。那时才格外感觉到它的好。

从农村出来的孩子，记忆中永远有荒野的气息。不能忍受痛苦的生存是要遭受鄙夷的，再冷的日子，忍一忍，也都过来了。“照花前后镜，花面交相映”，古代的帝王妃子们，锦衣玉食，她们过冬大约是不需要草垫子、蒲草席之类，太粗疏了。不知她们铺什么。

暮　色

鸭群游过如镜的水面，迈开脚掌，向着家的方向摇摇摆摆地走去，水塘的周围，渐渐升起青蛙的合唱。

背上的青草，让脚步变得沉重起来。隔着包袱，依然能感觉到午后那种热烘烘的气息。在野外待惯了的人，嗅觉是打开的。尤其是孩子们，闻得出自己熟悉的溪流或者池塘的味道。即使在暗夜里，黑漆漆的一疙瘩，他也能分辨出那是一丛芦苇还是三楞草或者是小灌木。触觉也是打开的，比如那些长在盐碱地里的草，茎格外细、硬撅撅的，像上了年纪的人的骨头。那叶子呢，蜷曲着，恹恹地匍匐在地。那样的地面，在正午的阳光下会渗透出晶亮的碱花。脚掌走过，有沙楞楞的质感，让人相信，这种草的味道是咸的，因为它吸纳了太多的苦水。而长在沟渠、池塘边的草，叶子阔大，一镰刀下去，汁水就从断茬处冒出来。大老远，牛就能闻到这样的草的气息。它伸出长长的舌头一卷，一绺青草就顺着它的咀嚼沉入无边的黑暗。牛的胃真是个无底洞。只要闲下来，它们就要咀嚼、反刍，铿然有声。这一点，多么像人，只要胃袋空了，心就慌，就没有力气，那么多的承诺和责任就没有办法兑现。所有的飞升和逃离，都必须建立在填饱肚子的基础上，多么无奈的事。这痛苦的根源，一次次逼迫着人们停下来，迁就它。人喂饱了自己，又把精力和爱心给予了家禽和家畜。在村庄里行走的活着的生物，彼此因为这样的一条线索结成联盟。它们各司其职，目标明确，却又同病相怜。

青蛙的叫声一路跟着你。白天，它们也叫，却很怕人。沿着沟渠一路走去，你看得见它们蹲踞在岸边的草丛里、湿漉漉的泥地上，你刚刚看得清它的皮肤是青绿色的还是黄褐色多一些。突然“扑通”一声，弹丸一样地弹射进水里。游得远远的，再从青萍中浮出三角形的脑袋警惕地四处张望。其实你也没有真打算去捉它们。它们总是这么谨小慎微，对世界太敏感，把一些本来简单的事情搞得复杂。和所有喜欢宅在家里的人一样，当空间足够安全，个性才得以张扬。夜晚给它们提供了一个舒适的舞台，主角配角齐齐登场。独白、对唱，渐渐演变成没有章法的狂欢。

无论怎样，树色总比暮色重。起先，枝杈间还能看见细碎的光，最后终于都暗下去。树根处最深，树梢处亮一些。黑黝黝的是秧苗，遇到风，会发出窸窣的碎响。秧苗没有长大，风还可以撩起水皮。有天光，水皮还是亮的。秧苗就成为一行行的墨色，像唐人的行草。芦苇长得快，高过了人头，遇到风，飒飒作响。藏得了人，藏得了鸟。有秘密的时候，人和鸟都藏进了这块绿色帷幕里。小小的，沉甸甸的，甜丝丝的，在阳光照射不到的地方，秘密发着幽微的蓝光。怦怦的心跳，局促的呼吸都被它包裹起来。鸟的秘密是沉寂的，最后耐不住性子的是人。兴奋的喉咙，“嗷”的一嗓子，苇丛中就有扑棱着翅膀的鸟儿飞起。可是看不到它们究竟从哪里起飞，又从哪里坠落。

暮色降临，你知道，你此刻的衣角带着涉水而来的潮湿，鸟的翎毛沾了田野的雾气，也是凉凉的。你也知道，白日里，你亲眼见到一只鸟儿从苇丛中飞起，擦身而过的瞬间，“咻”的一声，翅膀的阴影遮住了张望的眼睛。一瞬间，刹那，细微的光亮。是老朋友的交会，没有固定的时间表，却都知道彼此的存在。是的，知道。当你还是个孩子，跟着小伙伴在田野飞跑，大风把芦苇丛吹得飒飒作响。飞身而过的刹那，一定也会有另外一双眼睛透过苇丛望着你，目光中有把你辨认出来的亲切。是的，亲切。当黄昏的暮色渐渐深浓，稻子终将成熟，苇丛终将开出紫红的花，那时我们的村庄，温暖芬芳。你也知道，终有一天，良辰美景终将沉入永远的黑暗。可是，从那片绿色帷幕走过的我们，沾染了青草的气息的我们，因为这气味，都会彼此认得。

再比如：一棵长了多年的老槐树，从头到脚都生长着老去的纹络，扭曲盘旋着。(春天里，它依旧可以爆出满头珠翠，开出十八岁那样明媚照人的花朵)。还有几墩被人砍了梢头的面柳。春天抽出的枝条比一般的柳树要柔软，叶子也是格外毛茸茸的。是不是因为它的绵软，所以被称呼为“面柳”？是否“面”就是“绵”柳的谐音？我常常深入田野的腹地，只为找到这样的柳条，在炎热的太阳光下，折一大把，铺在堂屋的门口，搬个凳子，一根一根沥去外皮，露出嫩黄色的筋骨。放到太阳下晒干，下午还要翻个个儿，让阳光把它们晒透。变成白干的柳条了，散发着阳光的味道。捆扎成精致的一把，卖给收柳条的小贩。看他把秤杆压得低低的，看他从破旧的书包里掏出几张毛票，然后递给你。揣在口袋里的毛票，贴身捂热，可以买冰凉的雪糕，一口一口吧嗒吧嗒吮吸干净。可以买本子，在干净的封面上认认真真地写下自己的名字。“钱”的概念，就是口袋里那几张毛票传递过来的。踏实的幸福感。褐色的是一毛，绿色的是两毛，五毛钱的颜色发紫色，到一块简直就是不得了的财富了。这些钱最终都派了什么用场，不记得了。用它来买了本子或者糖果？给大人填补日子？不记得了。只是初夏之后，年年奔向田野，带着奔赴老友聚会的兴奋一般，带着无限的忠诚去寻找，去确认。多年之后，这个孩子从幼年长到成年，见识了外面的繁华世界之后，再回来，那些树木、灌木、桥梁都不存在了。很多人和事，猝不及防地出现在生命里，没有人提前打招呼，走的时候同样寂然无声。留下一个空缺的席位，一岁岁，落满时光的风尘。

田野里还能看见零星的行人，像被阻隔在棋盘后面的棋子。黑暗之神的翅膀伸过来之前，我得急急忙忙抄近路往回赶，生怕自己是那个被村庄遗忘的孩子。是的，孤独的孩子。母亲忙着张罗一家人的晚饭。父亲忙活其他事情。没有月亮，牛从背后赶上来，蹄子踏过地面，大地震颤。犁铧碰响，声音之后跟着疲惫的农夫。

那一年，已经不再是傻乎乎只知道淘气的少女，开始翻看哥哥带回来的《成语词典》或者其他书册。认识那些最初的成语：众志成城、刻舟求剑、朝三暮四、左右逢源。图画都是儿童漫画的样子，“众志成城”就是几个人，抬起一座城池，形象地告知团结一致的重要。“朝三暮四”，一个人坐在几只猴子中间，掌心摊开几颗栗子。栩栩如生的画面，成为一条青葱的线索，循着它，那些词语深深地烙印在脑海里。书籍，让一个女孩子有了小小的内心世界。开始探察这个家，学着体谅父母。内心有隐晦的柔软和依赖，但是很少袒露，即便有诉求，也羞于表达。偶然的机会，听母亲说割草卖给队里，可以换现钱，暗暗地下决心，一定割得多一些，就可以避免听到她的唠叨和训斥。放学后急急地赶向田野，逮到一片丰美的水草，一路割下去。直到田野里寂然无声，停下镰刀，却发现身后堆积起来的青草太多，已经超出了自己的负荷。青黛色的天，没有月亮，我是那个被村庄忽略的孩子。想过逃离，但心底的倔强提示我，不可以。

于是大声地呼唤母亲，隔着池塘，朝着家的方向。池塘是个圆，对面是几点朦胧的灯光，背后是黑黝黝的芦苇丛，沉寂着。也有蛙声，却并不嘹亮，似乎在那个夜晚大家各自怀揣了心事。苇丛的西边，蹚过一片荒草滩，就是村中张氏和刘氏家族的坟地。高低起伏的坟头，墓碑凌乱。小一些的时候，暗夜里，房门“咔”的一声响，母亲就会说是哪一个祖先回来了，口中念念有词。我们在灯下屏气凝神，再也不敢大声说话。夜间走路，看到断了齿的梳子是不敢拾的，假如拿回去，会被母亲骂，据说那是行夜路的女鬼掉的。所有的传说和故事，让人知道生与死的界限并非泾渭分明，二者之间混沌一片。当我守着脚下的一大捆草，身边传来窸窣的声响，所有的传说在脑海里被无限放大。冥冥中，有无数双眼睛在暗处朝着我探察、窥伺。也似乎有一双手，生着长长的指甲，借着暮色的掩护，冷冰冰地向我靠近。

母亲的脾气不好，起码不像父亲，对待儿女和颜悦色。母亲多是将自己的子女拿来和别人家的孩子进行比较，比来比去，我们几个被比得浑身一无是处。作为她唯一的女儿，很多次，都想找机会从她身边溜走，远远地离开。孤僻的内心，有自己的世界，长时间的发呆，宁愿面对一丛花，一棵树，一群游动的鱼儿，隐隐地感觉自己有着与年龄不相称的惴惴不安。（这种习惯，多年之后依然保持着。）总是要回家的，聚拢在她的身边，却很少有亲昵的举动，比如摸着她的脸颊，勾着她的臂弯，亲近她的呼吸。从我记事之后，这样的举动我们再也没有过。也听从她的话，很乖巧地去做她命令的事。懂得牺牲自己，去完成她小小的心愿，但心底里明白，我并不是她所珍惜的。（多年之后，她已经习惯于遇到难题就拨打我的电话，也明白最初的隔膜在于彼此不善于表达。但依然觉得，当初，我在自己的世界里飞，突然被人恶作剧，很不小心坠落到她的世界中。）只是那一天，在池塘对面等待回应的时刻，突然无比怀念依偎在她身边，看灶膛里的火光映红她的脸的感觉。狭小的厨房里，热气从盖垫的四周一股股地冒出来，木柴在火中开裂，发出噼啪的脆响，空气中有新蒸的馒头的清香。我依偎在她身边，巨大的黑暗从天而降，心里的灯亮着。有她在，我就是最安全的，是她不允许别人伤害的。

呼喊终于有了应答，当她的回声终于从对岸传来，阴霾的暮色似乎被撕开，一条光亮的路从彼岸延伸过来。悬在喉咙的心，忽的被重新放回到了肚子里。我忘记等待了多久，忘记她的嗔怪，忘记送到磅秤上的青草的斤数，忘记了自己的辘辘饥肠。只记得暮色中，还是盛年的她，穿一件月白的衫子，背着一捆草在我的身畔走。大地安宁，村庄静默，她是我的母亲，像一朵洁白芳香的花，有热烈的情怀，有幽微的香气。那气息，跟多年前枕在她臂弯里时一模一样。

芳香的青草车

我们在黄河岸边行走，无边的绿色将人引向远方。河流两岸，鲜花大朵大朵地开放，花香掺和了月光的忧愁和枣花的甜蜜，越过大坝，直达庭院。家人在灯下团聚，孩子们嬉闹，老人在角落吸烟。一辆独轮车安然地在南墙根下停放，牛呢，在袅袅的青烟里独自反刍着秘密。

每一个水草丰沛的季节里，独轮车碾过黄河岸边的土地，沿着一条条的道路，连接起田野和乡村。记忆中的蔓草，牵牵连连。不，确切地说，那种草的名字叫热草。在每年的六七月，夜夜听到热草的拔节声。它们坠着露珠，顶着夕阳，在沙土地中扎下细密的根须，猫一样迈动趾爪，隐匿进田野深处。乡人们喂养牛羊，乃至喂猪的都是这样的草，在劳作的间隙里，镰刀飞快地切割，空气中草香弥漫。那时我还是个孩子，跟在外祖父的身后，一次次走向田野，去除草，去拔掉菜园中的野菜，去整理西瓜蔓，偌大的黄河滩里，人走进去，很快融入田野，匍匐在土的姿势和一株野草没有什么区别。整个夏季，外祖父混迹于草野，青草绿色的汁液沾染在衣襟上，洗不掉，后来连他身上都有了一股挥之不去的青草味。

菜园里有几株高大的柳树，树下凉风习习，绿色的苔藓环绕树身，我常常在树下等着外祖父。看他在玉米田中除草，玉米秸长得很高，淹没了外祖父，只有一顶白色的帽圈时隐时现。我喊一声："姥爷！""哎！"他拖着长长的声音回答。时间长了，再喊一声，他的回答声在远处响起。

有时我会很不耐烦，呼喊声就变得格外锐利："姥爷——"

他听得出喊声里的不满，远远地喊着我的乳名，叫我等他一会，就回去。

有时候，他浇菜园，拿着铁锨堵口子，左突右击。我一个人蹲在树下看蚂蚁入神，他悄悄从身后走过来而不觉，人未到，一只弥漫着香气的脆皮瓜先递到我的眼前，就是那种青蛙皮一样的绿色。我高兴地抢到手里，咬一口，又脆又甜！给我捉蚂蚱，用青草穿了，让外祖母在灶膛里烧了给我吃，知了猴需要用盐水腌渍之后油炸。下雨之后的沙地里会发现白生生的蘑菇，他的眼尖，喊我过去采来，装在我的口袋里满满当当的。那样的夜晚，外祖母就会把蘑菇切成薄片，放进小瓷碗里，再搅拌了一个鸡蛋，蒸成美味的鸡蛋羹。

太阳快要落山了，收工时，外祖父抱我坐在青草上，让我抓住绳子，在独轮车的咿呀声中我们走回家去。外祖父的一条腿是好的，另一条腿是疼的，走起来步子一拐一拐，但车子却推得稳稳当当。青草的香气包围着我，多年之后，凭借那种熟悉的清香串起我对乡野的记忆。草，热乎乎的，带着太阳的余温，让我很舒服。坐在稳稳当当的车上，感觉像一艘船在海上航行，迎着风，迎着一轮即将落山的太阳，劈波斩浪奔向远方，我想唱，想舒服地大声叫。

假如你在黄河大坝上看到一个毛孩子，面对旷野发出"哎——""啊——"的啸声，就能相见当年的我了。

登上大坝了，我们透过树丛，看得见自己家屋顶上的炊烟。这个时候，外祖父常常停下车子歇息一会。找个小土包坐下，他看看远方，嘴里不自觉地哼起一段戏文，仔细听："一马离了西凉界，不由人一阵阵泪洒胸怀。青是山绿是水，花花世界，薛平贵好一似孤雁归来……"多年以后我才知道那戏文的意思，也才懂得这里面有苍凉，有无奈，有不甘，有命定的疼痛。但是小时候，并不太懂得，只是隐隐感觉，有什么东西从一个细微的点开始滋长，顺着外祖父鬓角的白发和他脸上的细纹，一部分一部分攻陷他，那源头，是一种无法更改的悲伤。

这样的悲伤，在外祖母面前，在孩子们面前，乃至喝醉酒之后，外祖父都很少提到。至于他年轻时如何的英武，在战场上如何的勇敢，在云南如何的被器重，而为了太姥姥和年幼的弟弟他不得不放弃军队中的一切回来做个农夫的无奈，他也很少提及。只有在大坝上，他放下青草车歇息一会儿的时候，他会开口唱一段。那时的外祖父变得和平常有一点不同。这样说吧，扛起锄头的时候，他是一个农民；隐没在田野间，他弓下身子匍匐在土的样子，更像一棵野草；而唱戏文的时候，他突然又变成了人。这个人，有血有肉有疼痛。他脆弱，沉默。数不完的日子和数不完的心事，都需要诉说，而歌唱，显然是一种很好的表达。当唱词消散在晚风中，消散在大地余温犹存的怀抱里，秘密是被密封得很好的幕布，偶尔撕开一点口子，又迅速合拢，好像什么都不曾发生过。

我是在多年以后，在老家残破的衣橱里翻看到了他的徽章和证件，这才落实了母亲一次次的叙述，原来他真的是值得骄傲的！包括在去往临近县区的路上，看到的一个个地名，才勾连起他当年活动的轨迹。

佛说人生八苦：生，老，病，死，爱别离，怨长久，求不得，放不下。（佛也说：命由己造，相由心生）在穷困的日子里，痛苦长成一团团盘根错节的草，牵连到哪里，都是疼痛，所以，他在意气风发的年纪最终放弃了理想。夜深人静的时候，他会慨叹自己当初的选择吗？我不知道。忙完公家的事，他就推着一辆独轮车奔赴田野。在村庄和田野之间来回奔走，一点一点挣出六口人的口粮，还要当长兄，为弟弟盖房、娶亲。后来，他的身体偏瘫，只能在小范围内行动，他时常久久地坐在天井里望着远处的天空，我无法从他的眺望中窥见更多的内容。一次次命运的重锤猛击，敲打了狭隘，走向了延展；敲打了清高，让人学会放下身段，接触卑微，向着生命的低处，更低处一点点夯实自己。从此，面对再大的打击，他都学会了面不改色心不跳。外祖父直到去世，就是这样一副木讷的表情。不只是他，多少年了，黄河滩区的人们，脸上就是这样一种表情。像流经村外的黄河一样，到了这里，没了一惊一乍。

是不是冥冥之中，有一位神告诉了人们一句真言："永远拥有"是一种错觉，所以，我们要时刻做好失去的准备？因为"永远"是错觉，"拥有"也是错觉。在听信了神的口谕之后，从此，这里的人一辈辈都认命地生长？

在黄河滩外生活的人们，其实是最容易失去的一群人。他们的房屋、牛羊、庄稼，乃至自己的生命，都有可能被那黄色的水患一夜之间全都夺走，他们能做的就是把房屋的台基一次次抬高，以便应对随时可能出现的灾难。即便是多雨的年份，他们依然习惯了在春天开辟出新的天地，播种，施肥，期待着秋天沉甸甸的收获。

在黄河畔，我问一位正在除草的老人怕不怕河水漫滩的时候，他拄着锄头，冲着我一乐，"嗨，尽着老天爷赏呗！"这是他的态度。他的身旁，也放着一辆独轮车，车上装满青草。太阳晒热了土地，青草气息弥漫，那熟悉的气息，恍如当年外祖父身上挥之不去的青草味道。

像一个孤独的孩子终于发现了亲人，我的心头突然一热。记忆的潮水漫漶而来，将我浸润其中。多少年了，日日夜夜，我听见河流在召唤。我闻得到那熟悉的味道，我看见长河尽头，一轮紫色的太阳正缓缓落下，一个伟岸的身影推着青草车，在悲凉的唢呐和铿锵的锣鼓声中，信步走来。

芦　花

周作人在《北京的茶食》一文中说过:“我们于日用必需的东西之外，必须还有一点无用的游戏与享乐，生活才觉得有意思。我们看夕阳，看秋河，看花，听雨，闻香，喝不求解渴的酒，吃不求饱的点心，都是生活上必要的——虽然是无用的装点，而且是愈精炼愈好。”身处林立的楼宇之中，无完整的夕阳可看，听雨、闻香都需要机缘，好在距离单位不远就有一条小河，倒是可以常去走一走。

北地的夏天和秋天没有明显的过渡，秋天总是慢悠悠、慢悠悠地到来。立秋之后，中午的太阳还能把人晒掉一层皮，雨生出来的瓜菜还是意气风发的青年，盘踞在栅栏上的扁豆刚刚挑起花骨朵。八月到九月，这是北方最美好的季节，就像四月到五月的春天一样饱含生机，阳光明亮，似乎随时可以发动车子沿着道路奔向远方。

这样的气氛让人想起叶芝的《流浪者安古斯之歌》:

　　我去到榛树林

为了心中有一团火

我砍一条树枝剥去皮

又用钩子在线上串颗浆果

白色的飞蛾扑扇起翅膀

飞蛾一样的星星在夜空中闪烁

我把浆果投进小河

一条银色的小鳟鱼上钩咯

在这样的气氛里，芦苇悄然抽出浅黄色的穗子，拉开秋天的帷幕。站在小河边，聆听着草丛里偶尔响起的秋虫舒缓的鸣叫，我们向夏天告别。

每次看到芦苇秀穗，总会心头一惊，人被时间抛在身后，等到回味过来起身追赶，却见它已经随着犹温的夕阳，闪身进入萧索的远山。在此之前，我们见到香花槐上飘落的黄叶，见到草籽在阳光中逐渐丰盈，见到苹果逐渐染上了浅淡的粉红色，并不觉得节气如何催人老，站在秋水旁，看芦苇新生的穗子在风中摇曳，这才心有不甘地接纳现实。

河流两岸野草繁茂，这片没有被开发的土地暂时安全。它们保持了一片湿地应有的样子——芦苇、昆虫、水鸟，还有必不可少的静谧。置身于这样的小径，世界呈现出另一种风情。眼睛所见开阔了，情绪莫名其妙地好。脚步轻松地穿行在绿色的海洋，人变成了一尾鱼。天空跌进水里，水变辽阔了，河流上方有水鸟盘旋，极力地张开翅膀，鼓荡生风。这里没有偷猎者，没有黑洞洞的枪口和张挂在林间的丝网，除了个别劳作的农夫之外，甚少有外人闯入，这里是鸟类安全的游乐场。

静谧的环境把农夫之间的对话推送过来。他们埋头在玉米田拔草，一边劳作，一边谈论自己的老花眼该不该戴眼镜的事。

一个说：“你，戴眼镜？要上老年大学吗？”

另一个说：“咋，不行？老年大学也收农民！”后面这个人语气铿锵，十二分的不服气。你认为他俩会吵起来，那就错了，他们关系好得很。如果有足够的时间，真该好好听一听河流两岸农夫的对话，里面透出丰厚的生活的讯息和哲学。

水是大地的血脉。丰润的江南，无法理解北方人对于水的渴望。在江南，河流之上必有桥梁，桥梁两侧多生芦苇。春天，初生的芦苇努出暗红色的嘴子，朝着蓝天钻去。蒌蒿和芦芽这两种讲义气的植物，帮助诗人写完春天的作业。在北方，长在旱地的芦苇因为缺少了水的滋润，虎落平阳，和其他野草混杂在一起，变得不伦不类。

没有水的芦苇还算什么芦苇，种种不甘心，不如让农夫割去，让牛羊啃死，一了百了。同样的道理，缺了芦苇和蒲草的河流还算河吗，缺少睫毛的保护，眼睛只会迎风流泪。

广袤的鲁北大地，任何一汪清流都能带给人们意外的惊喜。水边的芦苇秀出鲜嫩的穗子，它们密集地生长，营造出庄严、开阔的氛围。抓一穗芦花在手，触碰到秋天的凉意，空气中弥漫出夜露的清香。

深秋，芦花胜雪，东天浮起一轮硕大的月亮。从鲜嫩到白头，芦苇走完自己的一辈子。白发森然的芦苇一直在河边背水一战，到老，骨头都是硬的。

第二辑　彼黍离离，彼稷之苗

窗外的土地

白鹭最近经常光顾这里。它们在我窗外的田野飞翔、散步，起初是一只，后来逐渐发展为一群。白鹭光临，让这个寻常的夏日美好得像一首唐诗。五言，七言，在高处的田埂上，它们习惯栖息成工整的格律，却又表情轻松，透着盛世的安闲。偶尔，当墨花绽开，领头的一只掠地飞起，其余的次第跟上，蓝天碧野之间，便仿佛有一支悠扬的乐曲奏响。是小提琴，弓弦触碰，音符在蓝天下回旋。灵动，跳跃，超越想象。

七月的田野此刻应该竖起了青纱帐，田埂上还可能闪耀着金色的葵花。但现在，这里被荒草占领。自从麦收过后，土地的主人就再也没来过。两季的青苗赔偿金已经发放到农户手里。今后几十年里，他们每年都会因为这块土地而得到一笔赔偿。一亩地一千元，以此为代价，他们交出了自己对于土地的支配权。在大批机器和建筑材料还没有运达之前，这里是一片暂时的安全地带。从五月到七月，荒草疯长，野菜横行。蛮荒家族的空前繁盛吸引了许多牧羊人前来放牧。世界暂时太平，大批昆虫在此定居，它们为鸟类提供了丰盛的夏日大餐。

一对黑喜鹊飞来，降落在我前方的小河旁。午后的太阳将河水晒得暖烘烘的，泛着一股夏季特有的潮湿味。这是两只常见的黑喜鹊。它们谨慎地将脚迈向水边，小心探身下去饮水。河水温暖，弥漫着湿漉漉的善意，放松了紧张的神经。一只喜鹊上到河岸的高处梳理翎羽，另一只，忽然将身子一滑，它做了一个干练的入水动作，下河洗澡了。这可着实吓我一跳，没料到它竟有这样的本事。印象里，喜鹊应该和鸡一样在土里洗澡。看来事实并非我想象的那样。虽说无论采取何种方式，洗澡的目的都一样，但潜意识里，总觉得用清水淘洗较之在沙土里打滚，前者更干净。也许，从鸡不再展翅飞上蓝天的那一刻起，上帝便剥夺了它作为鸟类的诸多特权——比如洗澡时的优雅和高贵。

那只黑喜鹊的身躯半露在浅水处，扎个猛子，像野鸭子那样，驾轻就熟。出水之后，它甩甩头，水珠带着兴奋的尖叫声四处飞散，它却气度淡然。这个过程持续了一分多钟。最后，它跳上高处，毛发湿淋淋地贴在头上，如同刚结束了一场舒适的淋浴。我注意到，它刚才在水里还做了几个仰泳的动作，将肚皮朝天。肚皮是动物们最薄弱的地方，一旦敢于暴露，说明这是动物认为最安全的时刻。作为一个异族的观众，喜鹊没有被我吓跑，而是敢于做出如此大胆的姿态，看来它们对人类有了初步的信任。

春天是喜鹊恋爱的季节。学校西北角，有建校时栽下的几株杨树，其中最大的一棵树上，住着两只喜鹊。它们是最早定居小镇的原住民。几年了，每到春天，都能见到它们忙进忙出。新生命诞生之前，先要修补鹊巢。干硬的枯树枝，填补了一年来的破败。柔软的麦草，营造出产房的温馨。当树顶鼓胀成一蓬碧绿，浓密的枝叶间便开始传出幼鸟的叫声。那是喜鹊家族的人间烟火。

夏季开始的时候，幼鸟已经可以飞翔。晨光初绽，它们跟随父母从楼顶俯冲下来。羽翼黑白分明，张开的翅膀如同鼓胀的帆。它们平稳地驾驶着自己的身体，滑翔着，掠过蓝色的天空。进入取景框的刹那，一切真是美到了极致。

最近几年，小镇周围喜鹊的数量开始多起来。鹊巢数量的增多，一度被认为是生态转好的标志。但眼前的这两只喜鹊，我不确定它们是否就是校内白杨树上的那两只。从它们惬意的表情看，应该不是。昨天下午，几辆卡车开进了校园。随着一阵阵电锯的轰鸣，陪伴这所学校十几年的白杨树和一群桃树都被砍伐殆尽了。大树轰然倒地的刹那，尘埃飞起，第一次堂而皇之地落满雀巢。纷乱的枝叶在惊魂未定之际被卡车运走。劫后余生的野草，在今后很长一段时间里，都将会谈论起这条爆炸性的新闻。

做晚饭的时候，当我的目光习惯性地投向高处的雀巢，迎接我的，却只有空荡荡的风。

风，在漫无目的地吹。以致距离这片土地一百多米的公路上，烟尘弥漫。半边公路被剖开，露出皲裂的大地的肌肤，工人们正在铺设通讯管道。未来的几个月，将会有几家规模不等的工厂在此地安家落户。平静的小镇正在接受一次开膛破肚的变革。肥沃的田野将会被花园小区、欧式住宅取代。随之而来的，将会有大批的外来树种占据这里。法桐、侧柏、木槿、蔷薇、紫薇，都会在微风里展示它们的尊崇。土地的原住民不知道去了哪里，更不知道它们怎样了。有一点是确定的，它们不会得到一丝一毫的赔偿。城里的地盘，向来是按平方收费的。人类已经精明到连个窟窿眼都不会给他人留下。

傍晚散步，弥漫的灰尘暂时平静下来。疲惫的大地得到了暂时的喘息。暮色中的楼顶，突然传来一阵熟悉的叫声。抬头寻找，黑暗笼罩了一切，我望不见熟悉的身影，但我心里明白，那是流离失所的焦灼，滑过喜鹊干渴的喉咙。

四季豆

夏天的早晨，到园子里摘芸豆，推开简易的栅栏门，但见眼前一片生机，绿到人心里，无上清凉。

芸豆，也叫菜豆，南方人称四季豆。芸豆架被安排在园子中央，风一吹，满架叶子窸窣作响，累累垂下的豆荚充满喜气。一只猫卧在浇地用的水管旁边，偶尔抬头看看主人，又专心于凝望一处，清晨适合养气，人摘菜，猫养气。

菜地是村子南边的荒地开辟出来的，四周用棉花棵和树枝扎成薄障子，除了芸豆之外还种了生菜和小油菜，靠着障子的是扁豆和南瓜。小油菜黑油油的，很旺，种菜必须使底肥，否则菜长不好。生菜的叶子永远鲜嫩，从出苗到长大，永远脆生生的。茄子和辣椒是一对好搭档，都开始结果了，从底下向上熟，长得筋骨丰盈，丰收在望。

芸豆架被安排在菜地中央是有讲究的。四季豆在东方文化里称为“福豆”，谐音为“福寿”。寓意幸福安康，长命百岁。从这个角度讲，是后辈对长者的心愿和祈祷。“豆”与“豆蔻年华”巧妙契合，寄托了长辈对年轻人的美好期盼。过去讲究的人家挑选饰品，也喜欢四季豆。比如，四个豆子的寓意四季平安；三个豆子寓意连中三元，福禄寿齐到。两颗豆子则是母子平安，总之，包含着吉祥和福气。

怎么才算有福气，缺吃少穿的时候，盼着能够温饱，物质条件富足了，离开土地久了，回头想想，农耕生活的乐趣似乎更多一些。拥有自己的土地，从种植到收获，从种子破土再到开花结果，见证植物一生的成长，明白那结尾的到来之前，有一段必不可少的铺垫。而从来没有接触过土地的孩子，对他们而言，芸豆就是芸豆，是市场里的一种菜蔬，是饭馆里的一道菜肴，所有和芸豆有关的前世今生记忆都被抽走了。

我怀念那朴素的岁月。

吴伯箫写《菜园小记》，第一次读就非常喜欢，其中的经验亲切可感，到现在我还记得其中一些句子。

> 种菜是细致活儿，“种菜如绣花”；认真干起来也很累人，就劳动量说，“一亩园十亩田”。但是种菜是极有乐趣的事情。种菜的乐趣不只是在吃菜的时候，像苏东坡在《菜羹赋》里所说的：“汲幽泉以揉濯，待露叶与琼枝。”或者像他在《后妃菊赋》里所说的：“春食苗，夏食叶，秋食花实而冬食根，庶几西河南阳之寿。”种菜的整个过程，随时都有乐趣。施肥，松土，整畦，下种，是花费劳动量最多的时候吧，那时蔬菜还看不到影子哩。可是“种瓜得瓜，种豆得豆”，就算种的只是希望，那希望也给人很大的鼓舞。

不知道从哪一年起，这样的课文从教材中撤掉了。经济引领起新的浪潮，世界越发多元化，我们不需要再纺线织布，不需要种瓜种菜，我们物质已经极大丰盈。许多文章涌入教科书，文章的质地如同餐馆里的干煸芸豆，油汪汪的，一旁还摆了萝卜雕刻的花作为陪衬。很好看，世界被浓缩，丰盛、妖娆，但总感觉它已经不是芸豆了。

有一年到一家东北餐馆，点了一道“过年杀猪菜”。菜盆端上来，发现鸭血粉丝很少，老板娘歉意地说：“鸭血就这么点了，您将就一下，要不然给您推荐店里的东北的大豆角，也是地道的东北菜，味道也不错。”豆角端上来，一大盘，数量还算实诚，就是价格太贵。朋友说：“一盘东北豆角赶得上 10 斤本地芸豆了”，尝了尝，所谓“豆角”就是个芸豆的味儿。店里给出的解释是，豆角是从东北空运过来的，所以价钱就贵。这些豆角果真是坐飞机来到山东的吗，不好说，现在的人，吃东西图个新鲜，商家也满足人的虚荣心，这一些跟菜的味道关系不大。

餐馆里的饭吃多了，又开始怀念那园子里新摘的蔬菜。有经验的人说，去市场买菜，最好是挑选带了一点泥的，能有个把虫子眼儿的最好。为啥，虫子替人试过了，吃起来放心。父亲种了一辈子小菜园，他种的芸豆没有泥，也不带虫子眼儿，豆荚干净，绿叶之间开白花。搭芸豆的架子交织如网，豆荚如鱼，让人重温渔猎时代敦实的喜悦。

秧 事

1

黄河滩上的雨就这么来了，细细密密的，在春天。

茫茫天地，一个种稻的农夫眼里却只有他身边那架犁铧。时间还早，雨也还冷，田野上还没有行人，然而他能感觉到，犁铧那暗红色的木把手上含着余温，记忆中有前一代人和这一代人的聚首。雨声窸窣，如同一把古琴弹奏节气的音符，又一个春天来了。虽然一代又一代人的躬耕没有积下累世的财富，他也还是那个生活略显窘迫的农夫，但，只要这犁铧入土，把古老的田地破成一条条沟垅，再把沟垅整理成平展的秧圃，那时候，秩序将被重新改写。只要种子入土，阳光普照大地，凡尘再喧嚣，世间也总有一个重要的位置为农夫而留。

这常常让我想起是一种身份的确认，这种确认的郑重之处就在于，无论走到哪里，只要在田间耕耘过，你的脚底总是带着一块泥巴，它带给你“土”的特质，它确定了你即使后来融入城市也做不到百分百洋气。也因为这“土”，心里有一分踏实，即使后来的人生走得紧张焦灼，困顿难熬，你知道还有一个地方可以让你的根脉得到滋养和休憩。

拽耙扶犁也讲究个资格。作为农耕大国，“米袋子”从来都是一个有为帝王眼里的大事。每年除了隆重的仪式祭祀天地之外，到了清代，皇帝还要亲自下田耕作一番。据《养吉斋丛录》记载：康熙四十一年，康熙帝在京南博野视察春耕情况，曾亲持犁器，一气儿耕了一亩地。当时共有万人观看此景，大学士李光地特为文勒石，以志其事。更多时候，皇帝亲耕，也还是个仪式，示范给天下百姓看的。除了帝王，躬耕垅亩的文人也不少。苏轼写过：“质非文是终难久，脱冠还作扶犁叟”，你看，扶犁的是老人，他当不好官，只能躬耕田园，虽然地位卑微，却再也不用担惊受怕。“人趋南亩生涯乐，春入东灾土脉齐。说与老农还自笑，近来辛苦惯扶犁。”你看，丁逢笔下的扶犁之人虽然辛勤劳苦，却自我解嘲说这一番劳苦已经成为常态，习惯了。还是宋代，章樵写：“试将生计问农家，儿大扶犁女沤麻。烧笋煮葵供午晌，山中乐事自无涯。”在诗人看来农家生活有滋有味，单单就扶犁这件事，只有长大的男孩子才有资格。而类似程垓笔下的“扶犁野老田东睡”则是另外一番场景，这个农夫没有名字，他和历史上、古代诗文里的诸多农夫一样，“野”得像尘土一样普通，“野”得像荒草一样茁壮，不拘礼法，累了倒头就睡，把本来的辛苦单调活出了野鹤闲云的意味。

每年春天都会发生很多事，幸运是温和的南风，而不幸就是一阵一阵让人打冷战的寒流，但在村庄里，耕作永远是头等大事。从清晨到晌午，树皮般粗糙的脸，贴着春风的软刀子。笨重的冬衣脱在田埂上，系好耕牛肚下的袢绳，鞭子在空中抽出脆亮的鞭花，一年耕作的故事响亮开篇。手握犁铧的汉子和身边的耕牛一样憋足了劲头，人勤地不懒，粗门大嗓的吆喝让春日的原野异常亢奋。耕牛奋蹄，躬肩弩背，犁铧趟过，油亮的土地裸露开来。一去一来，土浪滚滚。被翻开的田地在阳光下散发出新鲜泥土的气息，假如耕田是勾勒轮廓，耢地则是进一步的精耕细作了。黄河发大水之后，剖开的土地被水浸软，牵牛的在前面走，耢上站着一个勇敢的少年，凹凸不平的地方被耢齿抹成了一马平川，水田白亮，平静如一面镜子。天空跌进水里，一切皆有可能。

有一回我看得眼热，也想下田一试，父亲不让我站耢，说太危险，一不小心容易前趴，再说，那些钢筋制成的耢齿也不好惹。但是犁地可以试试，他给我讲了里面的技巧，比如要用胳膊上的力气把犁头压住，压不住，犁就会偏到一边去；要根据土壤的墒情决定自己手头的分量，随时调整犁头的深浅，最好是不粘不挂，保证犁头上的底板能吃上力气，泥土被均匀推向两边。一手扶犁，还要随时调整耕牛前进的方向，两边做好配合，我答应着。理论上好懂，但真正做起来就不容易了，看似轻巧的犁头到了我手里似乎有千钧重，好容易调整好它的走向，耕牛一走动，犁头根本不听我的，犁了没两步远就跑到一边去了，一个趔趄，吓得我出了一身汗，心也怦怦直跳。一直在身边跟着我的父亲赶紧扶住了歪斜的犁铧，笑着说："好好念书吧，你不是干活的料。"他接过去，耕牛犁铧一下子变得听话了，仿佛他这个人和那头牛、那架犁铧就是一个整体，它们的生命也是他的，大家共同进退。父亲是一个耕田好手，村子里劳力多的家庭，耕作的事多是两人合作，一人牵牛一人扶犁，但是父亲一人忙活两个人的活，干起来也毫不露怯。他也从来没有因为田间的活多、活累而发脾气，倒是母亲经常嘟囔抱怨。父亲的脸总是沉静的。

假如有一天你从远方来，迎面看到一个面沉似水，甚至有些木讷的农夫，千万不要以为他对一切都无动于衷。这个人内心的热情，忧郁，困顿和力量你看不到。经历了一个漫长冬季的蛰伏之后，在走向春日田野的这个清晨，他"平静如一缕阳光"。

2

“育”是个会意字。甲骨文中的形象，上为“母”及头上的装饰，下为倒着的“子”字，寓意是母亲分娩出一个新的生命。《广雅》中这个字解释为“长也，稚也”，增加了一份“养活、养育”的意思。想，一个母亲，在婴儿还不曾出世之前，早早为他准备下襁褓。选用舒适的棉布和洁净的棉絮，一针一线地编织出自己的憧憬，铺下百倍的柔情，准备迎接新生命。等到婴儿出世，一天天成长，听见他的一声无意识的吟哦，看着他翻过身子垂下长长的睫毛睡去，听到他均匀的呼吸，自己对着那张脸看了又看，亲了又亲，心中溢满甜美。每一个农妇，在晴朗的春日选种浸谷时，是不是也怀了类似的心情？

稻种是去年秋后就备好的，沉睡了一个冬天，现在被黄河水浸泡得稻壳发黄，水缸周围散发出特有的发酵之后的米糠味。母亲一遍遍过来查看，用铁笊篱把浮在最上面的秕谷捞出来，留下沉淀在缸底的饱满的稻种。因为是关乎生计的大事，那时她的一举一动之间似乎变得格外谨慎小心。黄土烧制的粗陋的米缸，发黄的稻壳，母亲的头巾，泛着米糠味道的厢房，墙角的蛛网和灰尘，深深地印在童年的记忆中。我们那间只容得下两个水泥柜和一些坛坛罐罐的小西屋里，因为浸种的水缸的存在，也隐藏了一桩不小的机密，一团悠悠的期待。那些发黄的稻壳里包裹着奇异的生命，这一个时辰和下一个时辰相比较，它们又有了不同。那是特属于春天的一件很奇特的事，一种奇妙的计量，用一粒粒的种子计算明亮的春昼，用一遍遍的探查来虔诚祈祷秋收。

浸种完毕，接下来就是育秧。秧圃一定要选择靠近水源的地块，或者临近河道，靠着溪流，或者依偎着池塘，所有这一切都是为了取水方便。挑土质肥沃的地块做成秧畦，施足底肥；把一块地耕耙得烂熟，做成一张张平滑如镜，柔软舒适的温床，再将浸泡好的稻谷均匀地撒进去，然后用铁锹把圃面抹平。种子落地了，一部手稿的书写才算正式开始动笔，先前那些准备工作只是序曲，真正情节的展开和故事的跌宕起伏还在远处。对秧苗来说，小弓棚和厚塑料薄膜是必不可少的防护，因为雨水多，西北风还冷，也要防止鸟雀过来啄食稻粒，应把薄膜严丝合缝地盖好。几天后，种子生出白根，长出绿芽。这时候要及时浇水施肥。阳光热烈起来，需要及时给娇嫩的秧苗通风透气。上午揭开薄膜，傍晚再按照原样盖好，直到新秧长大，这样的工作才算告一段落。

写到这里，不由不感佩先人发明的这些奇妙的汉字，无论是生还是养，一个“育”字，含温带热，充满柔情。你能否想象一个母亲用温柔的指尖抚摩婴儿的表情？你能否想象一群仪容肃穆的人们对社稷之神顶礼膜拜的画面？岁月尚早，有一个柔弱的新生命有赖于你而得以成长，其中有多么深婉的情意。

3

《滨州乡土志》云：稻，性宜水，亦有陆种者，含粉质最多，为谷食中极能养人之品。1987版的《滨州风俗志》上关于水稻的记载是这样的：滨州自1958年后推广种稻，因水浇条件差，现仅小营、杜店镇一带仍有种植。在2006年出版的《滨城文史集粹》中，“小营稻米”是作为土特名产专章介绍的，内容不多，辑录如下：

> 小营稻米，是滨州市滨城区的特产之一。小营镇种植水稻已有40多年历史。其栽培品种达28个之多。以种植一季春稻为主。所产的大米，颗粒均匀，银亮透剔，品质优良；蒸煮后，食之可口，色味俱佳。还有名贵珍稀的黑稻和香稻。生产的黑米，具有滋阴补肾、健脾暖肝、明目活血等药用作用。以上诸多优点，使小营稻米

已成为滨州的著名特产，驰名京津，远销东北、内蒙、新疆等地。

小营稻米之所以久负盛名，有着其特有的优越条件。小营镇地处黄河下游，土地肥沃，水质甘美，光照充足。尤其在水稻孕穗乃至成熟的关键阶段，正逢秋高气爽季节，阴雨稀少，昼夜温差大，非常适宜稻类穗粒膨大和养分的积蓄。这是小营稻米质地优良的重要原因。

父亲告诉过我，故乡压碱种稻，已经有近60年的历史，一本本的历史资料，传达出相似的内容：小营稻米以其过硬的质量，在滨州农业史上写下了独到的一笔。

我喜欢稻子。虽然在诸多的粮食作物之中，稻，只是一把沉甸甸的穗子，风来弯腰，雨来飘摇。然而，几千年来却一直不离不弃，担起人间的温饱。嗷嗷待哺的婴儿，多少人因米汤得以存活；多少人家在祖辈去世后，以一碗白米饭供奉案前。一去一来，有稻米在，人间不苍凉。所以，我一直以家乡有这样的特产而自豪。而那些和稻有着千丝万缕的琐碎记忆，更是填充了荒芜的少年岁月。

春耕时犁头翻出许多杂草根，其中的白茅根最让孩子们喜爱。北方的春天来得晚，即便打了春，田野里四下望去仍是一片单调的砖瓦色。经历一个没有水果可吃的冬天，口味寡淡，那时茅根在地下已经苏醒，盘根错节，被翻耕出来之后，晾晒在田埂上。干活累了，坐在田埂上歇一会儿，大人孩子都喜欢随手抓一把茅根咀嚼。白茅根，细长多节，模样有点像微型甘蔗。它也发甜，越是晒得干瘪的，甜味更浓一些。

细细的茅根，功效却不小。中医认为，白茅根性甘寒，入肺胃二经，有清火生津，凉血止血等功效，据《本草纲目》记载，它在除口臭，解酒毒，降血压方面有良好的功效，宋代的苏颂特别说明“可啖，甚益小儿”，在物质匮乏的年代，嚼食白茅根只因为偏爱那点甜头，至于享受到它的滋补和药用功效只能算歪打正着。

黄河水从北方来，分出许多支流，穿村绕巷，形成密布的河网。那些路边不起眼的小溪流，水深时也超不过一米，因此成为孩子们安全的游乐场。

鱼虾似乎是随着水流而来的，每一年黄河发大水，池塘和河道里的鱼虾似乎就多了一些，大人们说鱼虾是“冲下来的”。听他们的意思，鱼虾也会串门儿，今天随着水流去了这家，明天又去另外一家，水塘沟渠就是它们串门的路。紧挨着村北的秧田是我家的，“S”形的沟渠连通了村子东西两面的池塘，小水沟里经常见到成群的鲫鱼游来游去。东边池塘面积大，水深，西侧池塘面积小，里面经常泡了许多圆木，用很粗的麻绳绑成竹筏的形状。这是孩子们天然的跳水台。剥皮之后的木头上常有不易察觉的刺，赤脚走上去要格外小心。夏天起，圆木上生了一层厚厚的青苔，很滑，但是孩子们攀爬、跳水依旧乐此不疲。有一年夏天，有个女孩子在西侧的池塘淹死了，母亲一下子变得警觉起来，从此不让我们再靠近水边。但男孩子喜水、爱水的天性无论怎样的严令都不可能更改，弟弟于是找到了新的事情来做。母亲不让去池塘游泳，他便在浅水沟里摸鱼捉虾，总是闲不住。最常做的事情是捞鱼。挖几团黄泥，把秧田旁边的沟垅水流截断，然后，用一个铝盆舀水，弯腰弓背，干得很起劲。被截断的沟渠里水越来越小，最后裸露出水底的淤泥，那些白肚皮黑脊背的鲫鱼也在水里蹦跳着，它们最终都成了弟弟的俘虏。

整个夏天，他就在这片秧田旁边的沟渠里忙碌着，背心和短裤上常常沾满泥巴，有时候为了怕被母亲责骂，自己也在水中揉搓清洗一番，但是那些黄泥渍却很难洗干净，于是前胸后背总是带着一团一团的印痕。有一回，邻居问母亲：“夜里你们让这个小泥猴睡在哪？”

母亲看了看那晒得油亮的小泥猴，说：“睡灶坑。”

其实不只弟弟，我也很少午睡，大人们忙碌了半晌休息去了，我便到村后无人的沟渠边流连。不怕水，对于一个在稻乡长大的孩子来说，水让人天生亲近。池塘的一侧生着蒲苇，扯几片苇叶，叠成小船，放到流淌的沟渠里，看着那一团绿色随水流去，漂远，祈祷它们不要被横生的枝条挡住，不要被漩涡吞没，痴痴地望着远处，现在想来也别有一种乐趣。池塘四周浅水区域也可以去蹚水。据说村北原来有一座小土地庙，后来破四旧给拆掉了，但是每当村里有人去世，都要到村北的岔道口来送浆水，告庙，地址大约就是在岔道口附近。那里的水中有一种小鱼，头大尾小，喜欢贴着地皮，模样憨厚。用脚丫一踩，它们立刻四下逃散，胆子小得很。

水田多青蛙，每到阳光暖和的时候，小荷钻出水面，青蛙便会在水草上产下一团水雾一般的卵，不久就会变成胖头的蝌蚪，一群群地自在游弋了。水蛇也是经常见到，在秧田里扭动着身子很快就不见了踪影。到了深水里，它们游动得更加从容，袅袅娜娜，丝毫不理会周围人惊慌的眼光。

水中的东西，最怕人的是蚂蟥，插秧时，它们悄无声息地附着到人的腿上吸食血液，人的注意力都在手里的活上，顾不得其他，等察觉疼痛的时候往往蚂蟥头已经深入皮肉，它已经喝得圆鼓鼓的了。轻拍不下，非得要使劲拍打，把腿打红了，受疼的蚂蟥才掉下来。这蚂蟥不但可恶，而且样子也丑陋，黄，软，周身是那种不清爽的绿，气不过的人们，把它捉到水泥板上曝晒，直到晒干了，才算报了吸血之仇。

田埂上的植物、水里的东西，所有这一切其实都和稻有着千丝万缕的联系。同其他北方作物相比，稻是一种优雅的植物，除了它自身的魅力之外，它似乎可以将这种影响传达给其他与之相关的动植物。比如，紫云英，慈姑，罗布麻，等等，比较起来，生长在水边的植物格外干净。还有斜风细雨里，呢喃着横掠过稻田的燕子，常常是画家的爱物。池塘边迈着纤细的足走向稻田深处的不知名的水鸟，其行行脚印，让人遐想。

长夏，村庄里的知了声越发稠密起来，梧桐宽大的叶子也将房檐遮得严严的。水稻们已经没过小腿，它们挺括、整齐，青绿的叶片簇簇向上，刺向晴空。这个季节，常见有三三两两逮黄鳝的汉子，拿着简单的工具，在田埂上蹲下身子，用蚯蚓做诱饵，找黄鳝洞口耐心做着试探。族中一个哥哥，是捉黄鳝能手，记得一个下雨天，他邀父亲喝酒，专门炖了黄鳝来给我们吃。白色的瓷盘中盛着炖好的鳝鱼段，汤上浮着一层黄油，加了碧绿的芫荽，散发出诱人的香气。我虽然惧怕那黄鳝的样子，但经不住美味的诱惑，大着胆子吃了一块，肉嫩质细让人一尝难忘。

4

五月，插秧季。天气转暖，已经允许人们赤足下田。每到插秧季，小学校就不上课了。老师们家里都有地，都要忙碌。对于孩子们来说，插秧季到农田帮忙，除了能换得大人的夸奖，也意味着四野的水田、池塘、花果、鱼虾和草木都可以自由接触，远比拘束在教室有趣得多。

依旧是男女分工明确，各司其职，天蒙蒙亮，男女老少就开始忙碌起来。女人负责“提秧”，坐在马扎上薅秧苗，秧苗薅下来，左右摆动清洗秧根部的泥巴，干净后用湿稻草拦腰捆扎成秧把。如果提秧供应不及时，就需要用铁锹铲秧。这是一个技术活，一般由男人来做，一锹下去，铲薄了，伤根，秧苗很长时间缓不过来，耽误了生长；铲厚了，插秧的人举着厚厚一大块泥巴，手臂受不了，显得也蠢气，最好是不厚不薄。技术好的人铲下的秧块四四方方，厚绒绒的一团秧苗在手，像托了一块绿豆腐，颤巍巍的。我喜欢闻那气味，青苗的气息，浓郁到可以触摸，可以大口大口吃进肚子里。多年后我离开了乡村，但只要闻到这样的气息就觉得安稳，内心有说不出的舒坦和快乐。

插秧需要分工合作，那时节，大田已经被收拾得平平整整，水皮白亮。青嫩的秧苗东一捆西一捆地抛撒在田里。插秧的人们，左手拿秧把，右手拇指、食指和中指配合着敏捷地捻动。插秧，讲究个速度快、力道准、行列齐。手用力小了秧苗会漂起来，用力大了，秧栽深了，会影响分蘖。速度要跟上趟，边插秧边用眼角余光估量行列的齐整。由疏苗到点线，事先要胸有成竹。看好手们插秧确实是一种享受。你看，扯好线，分好排，插秧的姑娘小伙子一字排开，一手分秧，一手插秧，像小鸡啄米一般，撩起来的水花几乎不会间断，啪啪啪，秧苗们就听话地立在了水中，弯腰直腰的功夫，刚才还明亮的水田里已经站满了绿莹莹的秧苗。人多声势大，休息的时候大家有说有笑，但真正干起活来就顾不上了，明里暗里也比较个身手，谁也不想落后。

新秧栽下，需要大约一周的缓苗期来完成自己的断乳新生。这时最好来一场雨。黄河滩的雨，细细密密的，不需要太大。秧苗喜欢水，“缓苗期”有雨水的浸润，那种断乳新生的疼痛会来得轻一些。天气凉爽，正是赶活计的时候。他把手边白色的肥料袋子披在身上权当雨衣，人在雨中行走，就会感觉那雨幕混合了天地和秧苗的颜色，在青与白之间糅合成了一种浅浅的灰色，不刺眼。新栽下的秧苗叶尖上缀了雨滴，它们还带着从母田里带来的一些奶气，油润有光。

炊烟缭绕在农舍之上，女人做出可口的饭菜，呼喊着让孩子去看看田里的人忙活得怎么样了，孩子答应着一蹦一跳地去了，家里的黄狗也跟着跑出了院门，跑向田野。

秋来臭菜香

我回老家，正赶上邻居老哥来串门，老哥已经70多岁了，人长得高大魁梧，几年前眼睛做过一次白内障手术，从那时起鼻梁上架上了一副眼镜，看起来斯文了很多。我问他吃饭可好，他说，还行，晌午饭吃了仨臭菜大包子。

秋末正是吃臭菜的季节。想起一桩事来，那天下班之后我去包子铺买饭，听说有臭菜馅的包子，就买了两个。一尝，味道确实不错。包子馅中有五花肉，肉香菜香混在一起，相得益彰。改天再去买，老板一边给我装袋子一边小声嘀咕：臭菜的……好像快卖完了，话音未落，就听刚进门的一个男的嚷道：老板，还有臭菜的吗，给我来20个！

臭菜可真受欢迎。

为什么叫“臭菜”呢？问了很多人，都说不知道。后来，我一个同事给出了答案。她7岁的女儿夸包子香，问“这么好吃的菜怎么叫‘臭菜’呢？”当妈妈的灵机一动：“因为‘香菜’已经有人叫了！”我觉得这说法挺聪明。

乡人说起臭菜，从没有像说黄河滩的红枣、大米等特产那么自豪。这不是叫人趾高气扬的一种菜，反而让人感觉，“臭菜”这个名字本身带着某种谦逊。就像自家的孩子，故意取个难听的名字，诸如“狗剩”、“难看”之类，目的是为了长命、好养活。还有人说，臭菜是荠菜的变种，不知道是不是真的。论模样是有些相似，但个头大小，菜的味道方面又相去甚远。

臭菜也真是好养活。夏末秋初，房前屋后，田间地头上，凡是空闲的地方，把土翻松，撒一把臭菜种子下去，用不了几天，臭菜苗就长得郁郁葱葱。长成了的臭菜个头跟菠菜差不多，叶子梗硬，墨绿。相对于菠菜的平易而言，长老了的臭菜茎中有一根菜丝，粗粝难食，很像某个乡野中的老顽固，也像我们含辛茹苦的生活。窃以为，凡是吃得了臭菜的人，一定能经得起贫贱生活的磨炼。因为这东西太易活，太能长，所以价钱便宜。有个老乡用电动三轮车拉了一车臭菜来卖，挺大一捆卖不了一块钱，他旁边是卖鸡蛋的摊子，一斤五块。眼看着太阳快落了，眼看着还有小半车，他卖烦了。跟邻居一商量，半车臭菜换了 2 斤鸡蛋回家了。

“跑劳务一天也能赚了百八十的，卖这个，耽误不起这个工夫。”临走时他嘟囔着说。

可也是，去小市场转转，守着一包袱臭菜卖的，不是老太太就是中年妇女，太阳落山前，她们也急着回家做饭接孩子。这东西还真卖不出价来。

抛开价钱高低不谈，种一地臭菜，边薅边吃，新鲜又实惠，这确实是乡野的恩物。包包子，包水饺，也可以凉拌。一般吃前都要先用开水焯一下，去去苦味和土腥气。开水焯过的臭菜，色泽鲜绿。本地的吃法，还有蘸酱或者切碎炒鸡蛋的。臭菜炒鸡蛋，大油急火，刺刺啦啦，锅铲相碰，香气入骨。有一阵，伙房的饭实在难以下咽，逼得同事们各显其能，纷纷从家里自己带小菜充饥。秋天的自带小菜里，颇受欢迎的当是蒸虾酱和凉拌臭菜。虾酱诚然好吃，但太咸，吃多了口渴；凉拌臭菜则味道清淡，盘白菜绿，颜色搭配也好，很下饭。问同事如何做法，她说：开水焯熟之后，挤去水分，撒盐，腌一晚上，早上切段，切蒜末、淋上香油就是一碟很好的开胃小菜了。

这个不需要大费周章，我决定试试。

一墙扁豆向邻家

墙是土坯墙。土坯垒完，外面还要抹一层黄泥。泥里撒上麦秸，汉子们用厚实的脚板把泥和麦秸踩均匀。踩完了，抹墙。太阳把墙晒出了几道裂纹，墙变得更结实了。

蓝天，黄墙，真美。

墙下栽扁豆。

几场透雨，扁豆长起来了。矮矮的土墙根本挡不住它们，噌噌几下，就探头到了邻家的老榆树上，没边没沿茂茂腾腾地生长起来，连个招呼也不打一声，赶也赶不走。于是两家的言语和谈笑有了更多空间。

“他婶，你看，又去缠着你家的树了。”

“嗨！俺这个破院子没别的，就是风水好！”

谈笑声散落在晨曦里，似乎一人摇了一串铜铃，叮叮咚咚，叮叮咚咚。

夏天的早晨空气凉爽，草叶上挂着露珠。南瓜的顶端开着黄花，开得泼辣辣的。辣椒花呢，白瓣绿芯，开得很幽静。这一边在扁豆架下摆了小桌，沏茶，招呼邻居过来喝。那一边切了西瓜，隔着墙头递过来，红瓤，黑子，绿皮，黄河水浇灌的，甜。

有时候，一个半大男孩子从墙那边探出头来招呼着，表情急切，大太阳把河水晒热了，他们是要去游泳？一刻也闲不住，真是男孩子！有时候粗门大嗓地隔着墙头喊一声，招呼着扛着铁锹一道下地干活，那是男主人。两家的主妇呢？也攀着墙头说些什么，几枚扁豆叶子在她的头顶招摇，很有点打游击的女民兵的架势。两个主妇，私密的话题，一定要踩着砖头或者小马扎。面颊温暖，笑容羞涩，笑声从层层叠叠的叶子中滚落，露珠一样的，雨滴一样的，“嘶”被泥土吸收，再无痕迹。或者是有了什么大变故的传闻，让她们叹息着，彼此的表情凝重着，陷入对一些细枝末节的追忆。炊烟起了，该做晚饭了，拍拍手，溜下砖头或者马扎，回到现实中各自去担起自己的角色。她们倚过的墙还是温热的。

有没有因为琐事吵架拌嘴的时候？有没有因为邻家的扁豆越过了墙头，恨恨地把它撕扯下来并且两户人家由此打到鼻青脸肿的时候？有吗，记忆中我还真没见过。村庄里吵架骂娘的有，厮打起来动了镐头抡了铁锹的也有，亲兄弟打架到一辈子不上门的也有。但是处邻居，两码事！即使没念过多少书，他们大约也知道一句“远亲不如近邻”。左邻右舍，整天一出门头碰脚后跟的，谁还没有个三灾八难的？谁还用不着谁？

于是，柴门草墙，邻里之间的礼法就这样被默默遵循着。

于是，日子啊就这样深一脚浅一脚地向前走。

扁豆开花了，一片热烈的紫红。

柴门旁，矮墙上，一支支艳丽的花蕾举起，那样的美常常令人惊讶！那是村庄的青春年少，是一年复一年的豆蔻梢头，是足以让人忘却周遭的混沌内心只剩一片澄清的力量。春日的桃花也美，但是这美又讲究个差别。春天的桃花让人心头躁躁的，堵着一些什么，想大喊大叫，想跑起来。跑吧，沿着一条路远远地跑下去，跑着跑着，又想飞。在一架扁豆跟前呢，看一墙绿莹莹的叶子在风里抖动，原来的躁动一点一点消失了，心渐渐安静下来。母鸡们把脑袋反插在翅膀下面，一只脚着地，一动不动地站在豆架的阴凉处。听得见露水滴落的轻响，听得见街巷里传来的叫卖声：卖油条的，赊小鸡小鸭的（秋天他们来收账也是那样地喊着），收废品的，敲着梆子卖豆腐的……市声人影，在岁月的河畔叠加，倒影斑驳，散淡，无声地沉入水底；悲伤和欢乐犹如野草，一茬又一茬，春风吹又生。

扁豆结果了。细柳条篮子装得满满的，送过去，带着认认真真过日子的情谊。绿莹莹的一篮扁豆，送过去，又被推让回来。“长在谁家算谁的！”爽朗的笑声，洒落在秋风里。吃吧！现吃现摘，切成丝，放鲜红的辣椒翻炒，红的鲜，绿的翠，光看一眼也能让人胃口大开。秋风一凉，扁豆结得吃不迭，就放进咸菜缸里，加虾酱腌渍，腌透了，裹了面炸着吃。

一家做饭两院香。

这是多少年前的事了？后来进了城，结束了与土地依偎的日子。城里的路，柏油的，水泥的，碎石的，不见半点土星。土地被水泥沥青糊住了，怎么喘气呢？邻里之间，壁垒森严，见面打招呼，每个人都客客气气的，却又客气得那么遥远。

行走红尘，每当感觉烦闷的时候，心中装了一些忧伤的时候，我还是想回到乡下透透气，想让胸膛贴一贴那泥墙，闻一闻那泥土和麦秸的气息，想在豆棚花架之下吹吹穿堂风，想把一些事想明白。薄暮里炊烟起了，一轮新月升起来。八月的月亮格外大，斜斜地钩住些树影虫鸣，这滋味，让人心里既有些凄凉又有些欢喜。

麦子的分量

天刚蒙蒙亮，一轮残月还悬在天边，我和父亲就骑上自行车出发了。麦子还没收到仓里，一颗心总是惶惶地悬在半空中，尤其是父亲这个年纪的人，翻来覆去，怎么也躺不到天大亮。

自行车一前一后沿着黄河大堤行进，路上很安静，只听见链条击打链盒的撞击声。我们每个人的腰里都别着一把镰刀，每辆车子的后座上都带了厚厚一摞子草绳。五月割麦天，外祖父家里急缺人手，我和父亲前去帮忙。草绳是在麦子拔节之后就开始准备下的。先把稻草浸湿，隔夜之后稻草变软了开始搓捻。闲了一冬天的手掌都是娇嫩的，搓草绳的手，都要被稻草磨出好几个水泡来。疼，真疼。挑破了水泡之后，继续搓。等手掌麻木之后，老茧长成，就不再怕疼了。可以说，每一根草绳上都包含着人的指纹和温度，甚至还有斑斑点点的血痕。生活在黄河滩这片古老粗粝的土地上，我们很小就知道，疼痛是收获之前必须经历的章节。

外祖父家的麦地从黄河大堤一直延续到黄河岸边。在堤坝和河流之间的这块淤积平原上，是满满当当站立的麦子。阡陌纵横，沙土路蜿蜒其中，似乎是黄河的支流，一条条，联结着人类的起点，又指向遥远的未来。从黄河边吹来的风，带着扑面的热气。麦子一片金黄，熟透了的麦稞泛起了白色。麦芒像针尖一样，守护着饱满的麦粒。走下大堤，我的鞋子里很快灌满了沙土，变得沉了些。喘气的时候，嘴里也有了沙粒，吐口唾沫，沙楞楞的。皮肤的水分迅速被阳光和风带走，人陷进麦地，像陷进无边的沙海，能和它们抗衡的，似乎只有手里紧握的镰刀了。站在地头收麦的人，面前都是遥远的看不到边的麦稞。黄河的天光云影在麦地尽头摇曳，那么远！有那么一瞬间，我感觉到了一种叫作“绝望”的东西开始悄悄在我心里蔓延。麦芒扎着我的手，扎着我的胳膊和脚，火辣辣的。舅舅、舅母、父亲，他们三个大人和一个半大的我，面对一望无际的麦田开始了突击。每个人的腰间都带了一捆草绳，铺一根，割够了一捆，就捆扎成麦个子。炎热，干渴，沙尘，干痒包绕着我。很快，一个白色的水泡在我的小指下鼓起来，不久，又起来一个。抚摸着那两个圆鼓鼓的水泡，似乎这只手既是我的，又不是我的，陌生起来。后来水泡破了，浸了血水，成了血泡。正午时分，胳膊上的皮肤开始在阳光的直射下爆皮。眼看着，皮肤上起了一层更小的白色的水泡，不久，水泡裂开，裂成薄薄的白皮，灼灼地疼。

舅母终于喊我们休息一下了。

麦地的田垄上有一棵小杨树，洒下一点可怜的树荫。我们搬了两个麦个子坐下来。舅母带了两个塑料鼓子来，里面盛了绿豆汤，我和父亲轮流喝了一气。水喝下去，汗马上从全身各处涌流出来。干燥的风一吹，有了些许凉爽。看看身后，麦个子一个个竖立起来，像列队的士兵，激发人的成就感。歇了一袋烟的工夫，父亲离开那点树荫重新陷进麦地里去，我则一遍遍地跑到地头去喝水。不远处的少年人也经常直起腰板来向着这边瞭望，他的腰那么瘦，他的脸那么白，他肯定也疲惫得要命吧？

绿豆汤只剩下小半碗光景的时候，我突然想起父亲。

“爹，喝点再割，不多了。”我晃着手里的塑料鼓子，走到他身旁。

父亲直起腰板，刚想接，看了看剩下的豆汤，说：“你喝吧，我耐渴呢！”他把斗笠摘下来扇扇风，头发被汗水濡湿，一绺一绺的被斗笠压得变了形。

我知道他心疼我。

“你喝吧，我饱了！”做出轻松的样子，我把水鼓子放到他旁边。

父亲没有回头。剩下的豆汤最终被我喝光了。

在正午的麦地里，我几乎成了一个水里捞出来的人。

在午后的麦地里，风吹来沙土，汗水和沙土掺杂，我几乎成了一个泥人。

有好几次我都想丢下镰刀——散伙，不干了！但是看看父亲，他一声不吭。好像太阳没晒着他，热气没蒸着他，麦芒没扎着他。他双手攥着一把麦子，脊背绷得像一张弓，双腿牢牢地钉在沙土里，汗水从他的背上流下来，把他的褂子浸染得湿了一大片。后来，汗水干了，只在后背留下一个个的碱花。其他人也是，像一尊尊青铜塑像，保持着用力的姿势，迎着无边的麦浪，向前推进。我暗暗叹口气，把直起来的腰身又弯了下去。

日暮时分，我们几个人终于挣扎着割完了全部的麦子。我扔下镰刀，一屁股坐在了黄河边上。那是我第一次如此近距离接近黄河。她离着我大约半步远，我闻得到扑鼻而来的清新水汽，滚滚浊流就在我的一边，我能感觉到大地的震颤。隆隆，隆隆，隆隆，似乎有千军万马正在奔赴疆场，旌旗猎猎，利刃透过水面隐隐闪光。一切都隐身于水底。任何一个凡夫俗子，都看不到河底的波澜起伏。我就那样着了魔一般地迈不开步子，扯了身边一根野草，嚼着，嚼着。草汁的苦味慢慢渗进了味蕾，我分不清那是草的味道还是我对割麦的体会，我突然想哭。似乎第一次明白，做一个农民的孩子，需要经历太多的辛苦。反过来说，只有经历一定的辛苦，才有资格坐在她的土地上，聆听她的教诲。

父亲、舅舅、舅母，他们还在收拾捆扎，做着装车的准备。他们甚至不能像我，丢下一切到大河边上坐坐歇息一会。他们诞生在这片黄河滩，想到的首先就是活下去，像一棵麦子那样，无论土壤贫瘠还是肥沃，扎下根之后，拼命吸取水分养料，耐得住风吹雨打，认命地生长。他们很少再深入一步，想到怎样活下去的问题，或者也曾经在暗夜里叹息着想过，但最终的结论是：怎么个活法，还不都是一棵麦子吗？终有一天，在两岸闪烁的光影里，他们成熟，以一粒粒麦子的方式呈现自己。那被麦芒包裹起来的穗子，尊贵而庄严。值得所有收割它们的人，在这个季节，以忐忑，以汗水，以肉体的疲惫和精神的虔诚，以这样的方式呈上自己的敬意。

麦地的劳作，让我一夕成长。后来我多次回到这片土地，春天，在两岸榆树和柳树的吐翠中，去看两岸的虹吸管道，匍匐着，蜷曲着，伸展到远方。夏天，带着黑狗走向河滩，一块块淤泥被晒干之后形成一个个倒扣的瓦片，一脚踩上去，就酥了。听老人讲皮子狐狸的传奇故事，秋天听大雁嘎嘎地鸣叫着，排成“一”字或者“人”字的队伍向着辽远的南方飞去。冬天，在冰封的河面上溜冰，从这头跑到那头。孤单的老树投下深沉的背影。戴着斗笠的老人，赶着羊群，缓慢地游走，目光充满慈爱。黄河滩的一草一木，我对它们都有了感情。他们渐渐认识了我，我也渐渐熟悉了他们。

平静的一群人，黄河滩哺育了他们，也在消耗着他们。踢踏的脚步消逝于漫漫黄沙之中，天长日久，生命的挣扎便过滤成了一种平静和逆来顺受。他们流汗，流血，上当，受骗，他们也日夜不停地热爱和记录，既接受，也回报，有的甚至成了传奇。也就是在那样的日子里，我懂得了一粒麦子的分量。

玉米记

我猜，第一个喊出“玉米”这个名字的人一定是个诗人。他站在高坡上远眺，脚下无边无垠的绿色让人心旷神怡，眼中的植物娴静、温情，怀揣着饱满的果粒，将一把淡色的火炬指向蓝天。或者，某个月夜，他走到地头剥开外皮，看到这植物的籽粒。籽粒排列整齐，一轮朗月之下散发出如玉般的光泽，既是入口果腹之物，当属粟米一类，且看它成色如玉，不如就叫它“玉米”吧。

过路的风迅速把这个诗意的名字传布四方。

七月的田野，玉米是黑马，后来居上。世界如此之大，玉米们尽情生长，它们众志成城。阳光烧灼着一切，却在这默契而幽深的生机面前束手无策。平静时，它们是一卷庄重的画，河流村庄做点缀，宁静而清新。起风了，叶与秆窸窣作响，细浪翻卷，它们成了无边的海，村庄河川在其中惬意地飘摇。

童年的村庄周围是清一色的水田。那时黄河水大，北方光照又强，春秧后劲足，所产的稻米晶莹如玉，糯香可口，几乎供不应求。因为这水田的存在，村庄也显得格外秀美，春来新秧鲜嫩，青苗如茵，秋至稻浪翻滚，满地烁金。外人说，想不到黄沙漫天盐碱遍布的鲁北还藏着一个“小江南”。

丰衣足食的骄傲写在每个大人的脸上。

可是后来，黄河水小了，甚至断流。田野里蛙声也少了，取代它的是日夜轰鸣的柴油机声。种植水稻成了一件赔本的事。一年，两年，与天地的抗争实在是一件劳心劳力的活，我怀疑父辈们的衰老就是从那时开始的。你可以执着于几十年养成的习惯，你可以执拗地坚持半辈子以来的劳作方式，但在遍体鳞伤的事实面前有些法则你不得不遵循。

残局需要收拾，温饱需要支撑，家园需要坚守，当一切繁华终究散场，角色们各奔东西，谁，仍站在舞台的一隅注目并体恤着这一片无序的忙乱。肯来的，只有玉米。

玉米孤独地站在曾经带给村人辉煌的土地上。辉煌已经被岁月湮没，岁月是一条河，没有人能阻挡它永恒的流动。

玉米平静地生长着，看不出它们有半点骄纵或失落。

童年的天空总是又高又亮的蓝色。蓝色的晴空下，玉米是最让人省心的庄稼。从娇嫩的幼苗长成一人高的植株只需短短的几十天。我已经不记得那些烈日曝晒或者暴雨倾盆的日子里我在做什么，但我清晰地知道，玉米是不用我担心的。

我喜欢稻子，对玉米没感觉，脑子里装的更多的是自己的未来。记得小学校的教室里有一张招贴画：一个孩子神采奕奕地奔跑在一条大路上，道路宽阔平坦，路的尽头是几个醒目的大字“2000年”。小男孩的旁边画了一个马蹄表，滴滴答答的时针声仿佛清晰可闻。“2000年”，一个多么诱人的词语。美好在路的尽头活色生香地等待着我们前往：那时，国家富裕，人人吃上白面馒头，菜里有肉；住在“农民新村里”，楼上楼下，电灯电话。

“理想”这个词很辽阔，很坦荡，也很寂寞，就像七月阳光下的玉米地。我一会想做科学家，一会想做宇航员，对工程师或警察也很感兴趣，总之，要为人民服务。对一个孩子来说，想心事是很郑重的。我会长时间地坐在玉米地头，望着高远的天空出神。天上的云白白的，亮亮的，经常变换着形状，就像我经常变换的理想。

孩子有孩子的心事，关于生活，关于学习也关于粗糙的生计和沉甸甸的现实。但在广袤的田野里，一切忧虑都被稀释溶解，心情变得特别明亮也特别轻松。那时玉米叶子都长成了，玉米棒被层层包裹着，娇嫩的流苏生在顶端，如同还在孕育的婴儿。风一起，整个田野就活跃了。当成千上万的玉米随风波涛汹涌的时候，一种声音由远而近地漫溢过来。由低到高，由细碎而沉雄。那是玉米的歌唱，来自大地深处。唱什么呢，歌唱诞生，歌唱死亡。青春易逝，年华易老，一枯一荣之间，可以旖旎缱绻，绿袖轻舒。一生一死之间，也可以纵情舞蹈，放声歌唱。

无数次，当我在田野穿行，耳畔总会回荡起这样的歌声。

《创世纪》中，上帝用地上的尘土做出了人，并把他安置在了伊甸园。亚当看守园子，可以自由吃，活动，但要远离那棵智识之树。用他的肋骨造女人，吃了知善恶的树上的果实，于是一切丑恶都被释放。本来园子里的果实触手可得，现在，则必须辛苦地耕作才能获取食物。“地必为你的缘故受诅咒，”上帝怒道，“你必须终身劳苦，才能从地里得吃的。地必给你长出荆棘和蒺藜来，你也要吃田间的菜蔬。你必汗流满面才得糊口，直到你归了土。”《创世纪》里的“农耕”饱含悲苦和怨恨。

维吉尔的伟大诗作《农事诗》就和基督教出现以前意大利的农家生活有关。

他把毒液赐给黑蛇

命令狼群掠食、大海汹涌

把蜜露从叶片上甩掉，藏起火种

然后人们便会苦苦思索，不断积累经验

逐渐锤炼出各种技艺

在田垄中找到谷物的叶苗

诗作和久远的传说一脉相承，饱含惩罚意味的放逐，给心灵带来深沉的震撼。

我跟在父亲身后穿行在玉米地里。

中学毕业后的我第一次领教了七月阳光的威力。风被密实的玉米挡在外面，汗水从每个毛孔涌出，汇聚成豆粒大小，滴落进脚下的玉米地里。手掌很快被镰刀磨起了水泡。锋利的玉米叶像刀子似的不断划拉着我的胳膊，臂膀上也晒起了一层小泡，后来裂了，汗珠滚过，火辣辣地疼。

我龇牙咧嘴的举动最终被父亲察觉了。他让我停下，去旁边的大树下休息一会儿。他则躬身锄草，一如既往。我看见大滴大滴的汗水从父亲青筋暴突的额头一次次滚下，滴入泥土，悄无声息。从春到夏，从夏到秋，父亲一次次耕耘在这里。今天锄罢草，明天可能就有一场大雨过来，让不曾断根的杂草复活。洒了肥料期待一场雨来它又偏偏让你等得土地龟裂，禾苗干枯。在进退之间、忧乐之间，父辈们将自己虔诚地交付给了脚下的土地。

父亲终于把草锄干净了。他轻轻地嘘了口气，坐了下来。玉米在他的不远处随风摇曳。这些年来，他们用生命见证了彼此的历史：从嫩嫩的青苗到扬花授粉，从羸弱到健壮；从健壮的汉子到暮色初显的老人，仿佛有种无形的力量把它们联在一起。他们之间有外人难知的默契。

父亲说，粮食实诚，不会骗人。

玉米一天天长起来了。

这是北国的七月。晨曦初露，追随太阳的脚步，世界将一扇扇光明的门打开。秋天从天而降。

我看到成千上万的玉米挺立在黄河滩上。成千上万的玉米和它们身畔的农夫以同样的姿态守候在一起，共同迎接生命的盛宴。亘古的气息缭绕着它，生命的光芒簇拥着它，秋风起处，一阕关于使命和忠诚的歌谣已经在它们中间唱响，浑厚的调子由大地深处传来，由低到高，从远古直通未来。

悠悠桑叶茶

五月份，无棣的乡间道旁，会有农妇端了用挺秆编成的匾，里面装了紫褐色的桑葚来卖。问价钱，保准是你想不到的便宜。卖桑葚的农妇手里也许还忙着别的活计。这葚子，是她起大早在桑园摘下来的，图个新鲜劲。赶到中午，大太阳一蒸，一晒，味道就减了。新鲜的葚果乌油油的，捉几个放进嘴里一尝，紫褐色的汁水流溢齿颊。没别的，一个字：甜！

如果不想买现成的，那就亲自去采摘园体会一下劳作的乐趣。赶上运气好，头茬桑葚陆续成熟，熟透了的桑葚状如黑枣，乌沉沉地卧在枝上。红色的还要等待些时日才能成熟，青白色的嫩果则多生于更远一些的梢头。摘葚子，最省力的方法就是取一根长杆子钩住树枝，来回晃动。树下提前铺好包袱、被单子等物。随着晃动，成熟的葚果便如雨点坠落下来。来此游园的游客，想必不会提前备好长杆，但是有打阳伞来的，灵机一动，用伞柄钩住枝杈晃动一番，同样收获不菲。

可惜桑葚的存放周期短，不能长期保存。离开的时候，朋友送了一袋桑叶茶，让带回去慢慢喝，桑叶茶的存在多少弥补了桑葚不能储存的遗憾。

午后的阳光映入窗内，室内一片安宁，我决定尝一尝桑叶茶。平素，午后我是很少喝茶的，怕影响睡眠，但朋友说桑叶茶不含茶碱，不用担心。

水烧开了，取一撮桑叶茶，冲水，蜷曲发暗的桑叶在水中浮沉。叶子逐渐展开，原本清澈的水也逐渐变成亮黄色。盖上杯盖，几分钟后，浮在杯口的叶子都沉到了杯底。嫩叶完全舒展，本身就很有画意，古韵桑园入我杯中的感觉。打开盖子，一股木叶的清香扑鼻而来。吹吹热气，尝一口，清淡中透着绵柔。有叶子干透之后的涩，下咽的时候，又有一些回甘，果然别有风味。

查阅资料才知道桑叶做茶由来已久。新疆皮山县是长寿县，秘诀之一就是那里广植桑树，人们习惯用桑叶代替茶当饮品。山东菏泽的单县也是长寿之乡，那里没有见到桑树，但是老人常年吃素食，所有的食材都是本地土生土长的。因地制宜，就地取材，充分享受大自然的馈赠，这样的做法值得学习。我在菏泽还喝过当地的牡丹花蕊茶，茶汤色浅，有淡淡的花香，但是价格比较高。生活条件好了，人们对于茶叶有了更高的要求。各地开发的茶种类也越发丰富，什么竹叶茶、松针茶、苦荞茶纷纷走进生活。也有就地取材的，比如我高研班的一个同学，无论走到哪里，都要挖一根地黄，洗干净了，泡热水喝，一泡一整天。很多人没有见过地黄。

“他杯子里泡的是人参？”背后俩人在议论。

“看起来……像！”另外一个人不敢肯定。

“不泡酒，泡茶，浪费了。”

“有钱人，泡啥不行？”（注意：这个“泡”字含义丰富。）

同学端着杯子，憋着笑，镇定地从他们身边走过，看背影还真有点地主老财的架势。

喝茶，讲究的是一种闲暇心态。“山静似太古，日长如小年。余花犹可醉，好鸟不妨眠。”泡一杯桑叶茶，品其中淡淡的木叶清香，仿佛置身千年古桑的荫庇之下，枝叶间阳光斑驳，恬静幽寂，足以打发漫漫长夏。

不知怎的忽然想起祖父，想起他的烟荷包来了。祖父的烟袋杆是乌黑的，烟荷包也是乌黑的，皱皱巴巴。干活累了休息的时候，他把烟袋取出来，烟袋锅磕干净，从荷包里取出烟叶。烟叶子泛黄，味道很大，冲鼻子。烟袋锅里塞得满满登登，点燃，一吸，青烟袅袅。隔着烟雾去看，祖父就像秋后薄雾中的一块石头，好长时间蹲在那里一动不动，不知道他在想些什么。

他的烟叶是从集上买来的。断了顿的时候，又犯了烟瘾，咋办？他有办法！吸蓖麻叶、榆树叶，随手扯下几片干叶子，揉团碎了塞进烟袋锅子里，点火吸一阵，过过烟瘾。有一回我还看见他往烟袋锅里团干扁豆叶子。

我问过他，扁豆叶子啥味儿？

“没有味儿，”再加一句，“连一点劲都没有。”老头撂下的这句话里，透着不高兴。

“等我长大了，给你买有劲的！”我哄他。他摸着我两根干豆角似的辫子笑了。把烟袋锅子插在腰间，腾出手来揽着我。后来逢人便说：“俺孙女说了，长大挣钱给我买好烟叶！”在田间劳作的时候，在别人家门洞里纳凉的时候，用独轮车推着我去赶集的时候，经常向别人念叨这一句话。祖母去世得早，给他留下了四个儿子和一个嗷嗷待哺的女儿，那些年他一个人把孩子们拉扯大，都各自成家立业。风里雨里，生活给予他的，我不知道除了苦、涩、辣之外，可还有别的。或者，少不更事的孙女的一个期许，就是他感觉到的甜吧，以致多少年过去，还让他念念不忘。

无棣的桑葚是甜的，桑叶茶是香的，但无棣的水却是咸的。这里是九河下梢，近海滩涂，土壤盐碱得厉害。春天刮风，土里的碱渗泛上来，贴着地皮一层，白花花的。桑树就长在这样的水土中，苦水养出甜果，一年年和这片土地上的人相伴相守，不离不弃。这个隐喻，让人不由得想起老去的长辈，想起我们的父亲和母亲。

牵牛花

晨光里，牵牛花的叶片上开始泛出幽幽的光，它的叶子呈掌形，叶脉清晰，边缘比较柔和。天色逐渐发亮，高处的叶片上开始泛出神秘的金紫色光晕。顶端的茎依旧不知疲惫地向上攀缘，细细的绒毛满含生机。花苞细长，呈螺旋状，由小到大，在碧绿的叶间逐渐出脱，最终在某个清晨魔术般地展成一朵圆圆的喇叭状的花盘，释放出雍容和热情。

把鼻子凑过去闻闻香气是我的癖好。牵牛花的香气很淡，仿佛春日的阳光。农夫牵着牛去池塘边饮水，走动时的铜铃声也很淡，叮叮当当，隔着墙，传到耳中。

盛夏的清晨，面对一朵盛开的牵牛花，空气中似有春天的气息。想起《傅雷家书》中的句子：“人生就是在寒来暑往中老去。”

每天数一数窗外牵牛花的数量，是这一天必须完成的作业。暗夜里，牵牛花螺旋形的花苞已经鼓起，不等它吹响清晨的号角，我已经起身。那时，它的花苞还没有打开。比牵牛花起得早，这是一件很令人自豪的事，似乎捡到了一大把时间，虽然事实上也没有什么紧要的事情等待我去处理。

我回头去忙别的事，再回来，它已经张开圆圆的笑脸欢迎我。

乍一看，这是一架宽不过两米的藤蔓组成的棚架，可是在阳光的孕育下，它却成了一个辽阔而神秘的世界。除了满架饱满的叶、灿烂的花之外，拨开牵牛花根部的青草，你会在土壤中发现繁忙的蚯蚓，它们把近旁的垃圾吃掉，然后排出一堆堆椭圆的粪便。自从生物课上学过了蚯蚓的知识，我便对它们肃然起敬，这是大地之下另外一群不知疲惫的农夫。在花茎上，蚂蚁是永远活跃的一群，它们在这样广阔的绿色跑道上运输花粉或者寻找其他食物。蜜蜂或者蝴蝶是一定光临这里的常客，尤其是在刮风下雨的日子里，浓密的叶片就是它们天然的避风港。傍晚时分，来客换成了另外一批，它们是金龟子、夜蛾等，忙着交谈或者恋爱；另有一批客人，把这里当成练兵场，披了幽蓝的铠甲，颇有风度地在叶上训练。麻雀偶尔在花架上停留一会儿，听到有动静，抬头缩颈，速度极快地探查周围的情况，然后“呼”一下子飞走。最奇特的，这架花棚上居然停过一只鹦鹉。那是一只路过的鸟，羽毛碧绿、脚掌红嫩，栖息在绿叶丛中，很优雅地迈着步子，如同远涉重洋而来的美丽天使。这个发现让我既惊喜又担心，怀了崇敬的心情屏住呼吸直到它重新上路。

村庄里最早见到的牵牛花是紫色的，花朵比较大，太阳一出来，花朵就逐渐萎缩。后来见到的多是一种花朵比较小的牵牛花，颜色呈紫红色，花盘小，数量却多，开花的时间也长，能从夏天一直开到深秋。有一年回老家，田野里落了一层薄霜，我和父亲收拾菜园中败落的藤蔓，在石墙旁边，竟然还发现一朵牵牛花悄悄开放。阴天，那朵花的颜色也很淡，近乎蓝紫色，花藤已经多半枯萎。它是用最后的气力鼓出了这个花苞。

蓝色的牵牛花有一种忧郁的气息。

牵牛花的种子也好看，椭圆形，一颗小小的球。花谢籽成，籽粒爆裂出黑色的种子。秋天，把种子收好，装在布袋里，明年继续播种。年年在同一个地方看花开，于人于花都是机缘。

采采卷耳

也许春天是最适合思念的季节，所以王维写：“红豆生南国，春来发几枝。愿君多采撷，此物最相思。”珠圆玉润的红豆，是我对你的牵挂。希望你多多采撷，带着它，仿佛我就在你身旁。我喜欢把这首诗当作女子对心仪男子的嘱托来解读。明知从此山高水长，斯人不归；明知相思无凭，却依然殷殷相告。心思单纯，不计较年深日久，这枚思念的芽儿是否有结果。

其实，采摘红豆应该是夏秋季节的事了。那个人已经远走。这边“年年陌上生秋草”的时候，远在关山之外的他是否也“日日楼中到夕阳”呢？不去计较，全情投入，古人的相思，着实让人感佩。

相思，是一种略带忧愁的幸福。思念一个人，却因为某些原因无法得见，于是忧愁暗生。而这份情怀不便对别人言说，只有自己消受。“不耐相思酒消愁”、“明月高楼休独倚，酒入愁肠，化作相思泪”都是写相思的苦涩。然而，苦涩中往往包孕甜蜜。因为心有所属，所以人生从此从容淡定。尽管分属两地，爱的翼翅却能穿越千山万水。思念一旦扎根、生长，可以穿越时空，执手天涯。一个期许，可以让他们曾经沧海难为水，甚至不惜为所爱赴汤蹈火，付出生命。

苦苦的思念中见证了忠贞和纯美。当你思念我的时候，请相信，我也在思念着你。《周南·卷耳》中的男女主人公就是这样的人吧。

“卷耳”，其实就是苍耳。这种果实上长满倒钩的植物一向令人敬而远之。小时候跟伙伴去田野玩耍，回家时总能从衣襟后背或者裤脚发现几粒，牢牢地钩着，甩也甩不掉，很不讨人喜欢。长这么大，第一次听说苍耳可以吃。这也真是新鲜，苍耳的叶子不甚出众，没听过什么人以它为食，真的，连牛羊都不碰它。

可是，三千年前的某个春日，一个女子正在采摘卷耳，作为自己的果腹之食。尽管山野之间卷耳茂盛，然而，她采摘了一会就把筐子放下了。那筐中，卷耳少许，如同她零落的心事。

“采采卷耳，不盈顷筐。

嗟我怀人，置彼周行。”

丈夫被君主征去服役，归家遥遥无期。田地荒芜，家中的粮食早已吃光了。一边要承受夫妻分离的痛苦，一边要挣扎着走上高岗采摘涩涩的卷耳安慰辘辘饥肠。我想不出假如行走在她的身边，我该以怎样的目光将她打量。

他在，哪怕吃糠咽菜，什么都好；他不在，这饥荒的岁月如何挨过？

但是，日子总要过下去。不能太过颓唐，只要有一线希望，我会安心等你归来。我想念你，但是不要让你看到我满脸菜色，衣衫褴褛。我不会让你在推开家门的那刻因为我的瘦弱而愧疚。所以，打起精神，我要以一脸明媚迎接你的归来。

“伤心一种天涯客，卿是飞花我断蓬”——当你在思念我，请相信，我也在思念你。从第二章开始，诗歌转换为男子的口吻。

此刻，我正行进在崔嵬的山间。因为疲乏，我的马儿已经快要病倒。

我姑且喝尽杯中酒，来消解这难耐的思念。山冈高高，前路崎岖，马儿病了，走不动了。我的仆夫也病倒了，家乡遥遥，我该怎么办？

第三章是对第二章的复沓，带有变化的复沓是《诗经》中最常见的章法结构特征，这种复沓可以想象为是一种合唱或重唱，它强有力地增加了抒情的效果，开拓补充了意境，稳定地再现了音乐的主题旋律。第四章从内容分析仍是男子口吻，但与第二、第三章相差很大。仿佛是幕后回荡的男声合唱。渲染烘托诗篇的气氛，余音袅袅让人动情。

诗人善于用实境描画来衬托情感。旅途的艰难是通过对山的险阻的描摹直接反映出来的：诗人用了“崔嵬”、“高冈”、“砠”等词语。而旅途的痛苦则是通过对马的神情的刻画间接表现出来的：诗人用了“虺隤”、“玄黄”、“瘏矣”等词语。而描摹山、刻画马都意在衬托出行者怀人思归的惆怅。“我姑酌彼金罍”、“我姑酌彼兕觥”，以酒浇愁，便是正面对这种悲愁的心态提示。全诗的最后是以一种已类化的自问自答体收场的：“云何？吁矣！”它既是对前两章“不永怀”、“不永伤”的承接，也是以“吁”一字对全诗进行的总结，点名“愁”的主题，堪称诗眼。

都说人如草芥。草芥尚且可以落地生根，卑微地开花，自在地结果。而人呢，一纸出征的文告就可以让夫妻分离，从此颠沛流离。再是恩爱，再是想念，却连手指都不能触碰一下。草民的命运就是如此不堪。

青青卷耳，倒挂着草色蔓延的忧伤。

葛　覃

2017年夏天，我到商场闲逛，看到一件中袖衬衫，浅绿色，样式是传统的半开门襟，很不俗。翻开标牌，上面赫然印着面料成分“苎麻”，可以直接接触皮肤。这个发现悠悠然唤醒了一段尘封的记忆。

好多年前，随母亲回娘家，总要走一段长长的路。长路漫漫，偏偏心情急迫。幸好有错落的景致，免除了行路中的寂寞。去的次数多了，能够叫得出沿途村子的名字，也记住了沿途一片片密植的植物——麻。母亲说，长好了的麻要放在池塘里沤，泡软了才可以用。然后呢，把那些麻用来纺麻线、搓麻绳、织麻衣。视野里，那逐渐退后的青青的秸秆竟然可以穿到身上取暖避寒，这让我第一次觉出了自然界的神奇。可是，麻，麻绳的麻，那么粗糙的东西，怎么可以穿？又是谁来穿？母亲无法解答这个问题。这个疑问便一直隐在我的记忆深处，直到我读到《葛覃》，它才又一次跳出来。

葛，是麻的姐妹，都是常见的经济作物，一岁一枯荣。不同的是地域：麻，生在田野，而葛长在山间。绵延的葛，蔓生，据说可以长到两三丈。割藤蒸煮之后织布，称葛布，也叫夏布。夏布，多么凉爽的名字，透着山野的幽幽清气。

好吧，夏布，葛。让我们以纠结的葛藤做桥梁，顺着它攀缘到两千年前，来听一首劳作的歌：

> “葛之覃兮，施于中谷，维叶萋萋。黄鸟于飞，集于灌木，其鸣喈喈。”

有景，有物，绿的是叶，黄的是鸟。柔韧的是藤蔓，清脆的鸟鸣，一滴滴，露水一样滋润了人的眉眼。

唱歌的，是那采葛的女子。荆钗布裙，歌声朗朗，一路走来。

为什么快乐？也许她对山野太熟悉，微风，初阳，还有和鸣的小鸟。也许是自由，像出笼的鸟儿，可以重新回归山野；也许，小时候自己也曾鸟儿一样跟在母亲的身后进山采葛。那时的大山也是这般苍翠，喊一声，好久才有回音。紫红色的葛藤花娇俏地开着，母亲的脸颊也是红彤彤汗津津的，是不是也像一朵葛藤花？劳作不稀奇，《诗经》中的劳作比比皆是，劳作与风雅相结合才是风景。没有不堪重负的苦楚，不需要如地上蝼蚁般战战兢兢匆匆忙忙，她如山间鸟儿一样勤劳自在，因此，我们的眼里，她就是风景。

读《唐宋词与人生》，杨海明说：“这里浮动着女性的衣香鬓影，散发着女性的芬芳温馨……由于女性的介入，士大夫文人的人生便不再那么沉闷和单调；女性的温柔似乎唤醒了他们沉睡在心中的人性，使他们兴奋，变得多情。”读到这里，会心一笑，觉得他的评语甚是有理。可惜，《诗经》是劳作者的歌，到田野劳作的是民女。衣香鬓影属于贵妇，而民女是山野林间的小家碧玉，散发着脂粉取代不了的清新。不过，可以化用他的话，由于女性的介入，诗经的山野之间不再那么沉闷单调，女性的细腻温柔唤醒了河流山川的温情。你看，普通的葛藤可以因此愈发青葱茂盛，普通的小鸟因此越发活泼可人。

“葛之覃兮，施于中谷，维叶莫莫。是刈是濩，为絺为绤，服之无斁。”

还是她在唱。只是唱歌的地点换作了家里。采了葛藤，她忙着蒸、煮，准备织布、做衣。

多少年了，母亲就交给她女子的德行，勤劳善良，孝敬贤淑，温婉，母亲这样教了，她也是这样做了。

日子就像织机上的线一条条经纬交错。男耕女织，一天天，生命就这样化繁为简，让人心满意足。人生，究竟是因为简单而快乐，还是因为快乐而简单，她不言，我们也就无须说破。

是什么让她加快了劳作的速度？有了心事的女儿，织布声也变得有了深意。她忙着洗净自己的衣服，将内衣外衣分清楚，忙着赶完手中的活计要去做什么呢？

“言告师氏，言告言归。薄污我私，薄浣我衣。害浣害否，归宁父母。”

末章的“归宁父母”让人豁然开朗，原来她之所以忙碌，是因为思念双亲，想请假回家探望父母。

“归”在古代，既可以指女子出嫁，如《桃夭》的“子之于归”；又可指出嫁女子回娘家，如《左传 · 庄公二十七年》记“冬，杞伯姬来，归宁也”。所以，《毛诗序》定此诗为赞美“后妃”出嫁前“志在女工之事，躬俭节用，服瀚濯之衣，尊敬师傅”的美德，其出嫁可以“安父母，化天下之妇道也”；而今人余冠英等则以为，这是抒写一贵族女子准备归宁（回娘家）之情的诗。究竟哪个对？诗歌中那个采葛、煮葛、勤于劳作的人，真是一个“后妃”或者“贵妇”么？

不妨来做个评判。依照前面的说法，倘若这个女子真是后妃，那么，她的所有一切只是为了给同时代的女子做楷模，是为了让父母安心，自己确实精工女红，妇道妇德方面她完全可以过关。过关之后呢，她可以换掉荆钗布裙，过着锦衣玉食的生活。这次山野之行，无非是偶然兴之所至的一次表演。假如这个女子真是贵妇，呵，我不晓得哪个贵族家中的妇人还需要同民女一样田间露水地负担如此的辛勤。游春踏青可以，偶然作秀可以，真正承受辛劳还有心情欢歌的女子，怎么可能生在富贵人家？劳者不获，获者不劳，是当时不争的现实。诸如越女浣纱，勾践夫人亲自耕织之类的事情历史上有，但太少，不提也罢。

因此，让我们确信她是一介民女，与后妃贵妇分属于不同的世界。她嫁的是一个普通男子，没有利用，没有机心，生活平静，人生简单。简单到男耕女织，简单到担水劈柴，省去了矫饰的繁文缛节和浓妆艳抹，用朴素和单纯，开垦生命中最丰美的田园。

“葛之覃兮，施于中谷，维叶萋萋。黄鸟于飞，集于灌木，其鸣喈喈。”寥寥数笔，便是一个境界，空谷传响，数千年后劳作者的歌依然悦耳动听。

车前子

在鲁北，田埂就是豆埂。清除了杂草，趁着谷雨前后的透地雨水把豆种埋进田埂两侧，不几天，青豆们拱出地面，这条田埂就热闹起来了。种青豆不为赚钱，主要是想让秋冬的餐桌不那么单调。每当穿行在田野，我养成了一个习惯，就是看看这户人家的田埂是否空着，以此来判断他们对于土地的珍惜程度。

我们一行人去菏泽采风，绵延的道路指引人们一路向前，不经意间向车窗外一望，发现两侧的绿化树下多了一点亮眼的东西。再仔细看，那亮眼的植物原来是苦菜花。嫩黄色的花冠在微风中自由摇曳，提升了土地的亮度，让四月的大地更加生机勃勃。苦菜花喜欢盐碱地，它们长得旺盛，却也不是统一栽种的。有的地方多一点，有的地方少一点，总之一路陪着我们。绿化带里被收拾得很干净，肯定是有人专门管理，工人们清除了杂物，唯独留下了苦菜花，这让我的心里很感动。此后一想到菏泽，首先想到的是艳丽的牡丹，然后就是那些在风中开得幽静的苦菜花。

土地带给不同地域的人不同的印记。张爱玲曾说："生长在都市文化中的人，总是先看见海的图画，后看见海；先读到爱情小说，后知道爱；我们对于生活的体验往往是第二轮的。"而对于那些土生土长的乡间孩子来说，那些生活体验是如此鲜活。

春日的原野，总少不了挖野菜的孩子。野菜是童年的记忆，永远在你能找到它的地方等着你。挖完野菜，回来吃饭、上学，到校仍然是早的。和多年之后忙碌的清晨相比，让人怀疑那时的日头是否走得太慢。

秀气的曲曲菜是鸡鸭的最爱，朴实的扫帚苗可以裹了面清蒸，离群索居的婆婆丁多少有点孤芳自赏；而叶片肥厚的猪耳朵菜是小猪清晨的美食。野菜就像人，从小到大，名字由随意到正式。比如猪耳朵菜，我们这样称呼它是因为它憨态可掬，模样和小猪的耳朵十分相似。后来，才知道它有个非常雅致的学名：车前子。也曾在资料上找到过有关它的故事，大意是，因为偶然的漂泊，这种顽强的菜籽养成了落地生根的本领，而在生命繁衍的过程中，车辆功不可没。

生命本身就是一场积极的行进。且行且歌，行进的调子才格外感人。甚至，让人忽略歌唱的内容。

于是，我便想象：在每年春天，在大大小小的车辆已经碾压坚硬的土地上。车前子的后代们倔强地钻出地面，展开阔大的叶子，将被禁锢一冬的心事毫无保留地写在脸上。一路行进，随遇而安。骨子里终究是憨厚的，贴了地生长，认了命的温顺。

据古书记载，车前子可以入药，治疗不孕，妇女食之可多子。诗经中有《芣苢》一篇，讲的就是车前子。诗歌的内容大致如下：

采呀采呀采芣苢，采呀采呀采起来。采呀采呀采芣苢，采呀采呀采得来。

采呀采呀采芣苢，一片一片摘下来。采呀采呀采芣苢，一把一把捋下来。

采呀采呀采芣苢，提起衣襟兜起来。采呀采呀采芣苢，掖起衣襟兜回来。

复沓手法在《诗经》中十分常见，但这种看起来很单调的重叠，却又有它特殊的效果。在不断重叠中，产生了简单明快、往复回环的音乐感。同时，在六个动词的变化中，又表现了越采越多直到满载而归的过程。采摘野菜的人，和汉乐府中那个观看鱼儿在莲叶之间自由嬉戏的人，他们的欢快何其相似。

据说食用车前子可以治疗不孕，但这里有一个问题：假如，诗经中的这些妇女是否为了不孕而采摘，难道，不孕的人竟然如此之多，这么多的人聚集到田野只为了治疗一件难言之隐？好像也不对。“多子”一说倒是可以理解，毕竟，我们的先人是如此盼着人丁兴旺。而且，从《关雎》到《樛木》再到《芣苢》，《周南》里的这些章节基本涵盖了从相识相恋到成婚再到期盼多子多福的过程。这样的编排，符合常理。也有人说，她们采摘芣苢是为了食用。据说朝鲜族至今保留着采摘鲜嫩车前子食用的风俗。两种说法都有道理，而今日又都不见流传。

那么，只当一次欢乐的春游吧，因为这里没有政治，没有爱情，只是一幅简单的风习画。以墨色点染，黄嫩的早春背景上，几个绿点是芣苢，几笔斜线是疏风。远远近近，不妨安排几座房舍，留一点空间给山川河流，农舍瓦棚，蓝天白云，几个白描女子手摘兜藏，就那么一路欢歌，一路走来。她们想象不到的是，数千年后，在每个花香蚀骨，艳阳销魂的春日，依然能见到奔向郊野的人们。此岸，高楼林立，霓虹闪烁；彼岸，燕燕于飞，呦呦鹿鸣。有人不贪热闹，避开人群，在高楼之上扭亮台灯夜读。循着文字，他走近这些采摘的女子，复沓的文字让他白日紧张的心情得以舒展，野菜让他嗅到童年的气息，于是一夜好梦。

最初的阅读

父亲在前面走，他穿着去年的黄胶鞋。鞋帮已经褪色了，但鞋底的花纹依然清晰。踏在家门口的浮土上，留下一行杂乱但却意味深长的印记。我怀疑，那是另一种形式的回击。

是春天，新鲜的季节刺激得生灵们跃跃欲试。风在树叶间穿梭，从一棵树跳向另一棵树，动作轻快敏捷。我也怀疑是季节怂恿了母亲心中的怨愤。白日的琐屑，经过一夜发酵之后，足以让战争在清晨一触即发。对阵的双方太熟悉，熟悉得就像多年的毛衣，起了球，摩擦的结果，不但没有减少烦恼的数量，反而越聚越多。

父亲再一次退出战斗，保持一贯的沉默姿态，他走出家门。他在前，我在后。拐过西北角的老槐树，就是成片的田野了。青苔蔓延，攀上老槐树的背阴面，散发着雨水和天空的味道。父亲停下脚步，把身子靠在老槐树上，脱下鞋子，磕了磕。不愉快的纷争似乎也被甩入了尘埃。

晨风扑面而来，四月的清晨安静得如同一杯牛奶。父亲深深地吸了一口气，把手背到了身后，一抹微笑浮现在他的嘴角。这是一种标志，检阅开始了。小石桥西边，是村里的秧田。父亲站了很久，他先是沉默地观望，似乎觉得距离太远，他退后几步，奋力一跃，过了小水渠，在禾苗前蹲下身来。春秧已经开始返青，水浅浅地漾在秧苗四周。父亲用手摩挲了一下叶子。青碧的叶片上，毛茸茸的，我注意到，叶尖的露珠上，衔着一枚刚升起的太阳。太阳闪耀在父亲的手掌上，阳光闪烁在父亲充满宠溺的眼神里。从春到秋，这些青苗他不知道摩挲多少遍，它们带着父亲的指纹和温度安然地在土地上生长。

父亲终于拍拍手，满意地站起身来，一边迈回大路，一边喃喃自语道："南梗 35，嗯，南梗 35。"

我不知道这话说给谁听。大概是我吧，但我并不知道这"南梗 35"是什么意思。在四月的册页间，我已经积攒了很多的问题。比如，蒲公英可不可以吃？酸蛐蛐菜开不开花？蛇爬过的草是不是真的有毒？如果有毒要走几步才会死？如果遇到传说中的"七步蛇"，我走六步就停下，行不行，等等。

树木们春风满面。太阳一点一点地升起，阳光兴奋地在庄稼上跳跃。

父亲在前面走，我在后面跟。对于我的提问，他偶尔回应几句，说："嗯，是，好。"然后就没了声音。哪个问题的答案是"是"，哪个是"好"呢，再追问下去，好像也没有回答。也许问题太简单，他不屑于回答；又或者太深奥，他不好意思在小孩子面前表现他的无知吧，总之，我并不满意父亲的答案。但父亲明显没有察觉我的不快，他的心思不在我这里。

在一排高大的柳树面前，他突然停下，示意我也不要动，然后，轻手轻脚地从柳树上捏下一只天牛。这个身披盔甲，生着两只獠牙的猎物，令人恐怖。看我不敢拿，父亲捏着它的翅膀，笑眯眯地示意我，拿一下试试。在他的鼓励之下，我接过天牛。它的翅膀凉凉的，有着令人放心的硬度，但最终，我还是把它扔到草丛间了。我追逐落荒而逃的天牛时，父亲则围着那些柳树，一棵棵地看。拍拍树干，用胳膊丈量一下粗细，又点点头。说："这几棵是咱家的，那几棵是你长山叔家的，过个三五年就能成材了。"风，栖息在树梢上，柳树的叶子安静地沐浴在晨光里，在四月的册页间，我闻到新鲜木材特有的芬芳。

太阳升到树梢了。父亲在田野行走。他的步履从容，黄胶鞋一下一下，踏出工工整整的句子。那些句子合辙押韵，严谨如同律诗。蓝天下，在自己的土地上，手握属于自己的禾苗。那种踏实的快乐，他深藏心底。当他和它们握手、拥抱的时候，我似乎第一次感觉到，那些简单的仪式里包含着神秘的诺言与义务。从那时起，作为自由主义者的我，开始了对田野的探索。多年之后，当我翻开记忆，依然能清晰地听到"南梗35"的窃窃耳语，父亲的黄胶鞋踏上小石桥时，一群鲫鱼藏进水草，新鲜的蛛丝在蒲苇叶间飘荡。如果说我有幸窥到这部大书的一些暗示和句点，首先应感谢父亲，是他带领我开始了最初的阅读。

棉　花

如果把棉絮比作棉株开出的花朵，那么，别的花是植株生命历程中的惊叹号，只有棉花是句号。惊叹号让人瞪大眼睛，啧啧赞叹，句号让人喜悦，但心平气和。

别的花只用于美化装饰，只有棉花，用朴实的身躯托举起厚重的温饱。

别的花只受宠一季，只有棉花，受到人们永久的溺爱。

“枣芽发，点棉花”，阳春三月，人们仔细点数着将棉种植入土地潮湿的胸，然后屏息凝神地期待它的诞生。

经过一天，两天，将近一周漫长的等待，绿色的芽儿终于拱出地面，展开两片肥肥的叶子，如同新生的婴儿肉肉的小脚。一排排新芽整齐嫩绿，是青春的诗行排列在蓝天下。即便新生，那盎然却已经写到了观望的人的脸上。经历了定种播种的漫长期待，深知它们“顶土容易出土难”的苦衷，所以，苗壮降生的喜悦值得奔走相告。

当棉花展开四五片叶子，需要给它培土、定苗。这时的它纤细，柔弱。面对广博的大地多少有点不知所措，仿佛一个个刚刚经历断奶脱了水分的幼儿，怯怯地依恋在原地左顾右盼，让人无端生出许多怜惜。

春去夏来。阳光雨露按部就班地到来，棉花按部就班地展叶伸枝，很认真地完成生长的作业，似乎一个听话的小学生，从不粗制滥造。麦收之前的它很拘谨，谦虚地将该得的宠爱让给小麦。麦收过后，几场透雨它才开始奇迹般地抽枝，很负责任地书写着夏日该有的蓬勃。

辽阔的大地上，燥热的风、心急的雨一次次怂恿它，让它生出许多不切实际的狂妄，像一个个志向远大不肯专心的少年。需要人们精心地告诫斧正，因为即使一场突如其来的冰雹也会把丰收推成远景。

进入花期的它娇美、朴实，如同那些戴了清爽的凉帽的姑娘。嫩黄的花瓣清新、柔媚，被青绿的叶子衬了更显出了粉嫩。随着时间的推移，嫩黄逐渐转变成粉红、紫红，直到凋落。这是棉花一生中生长最旺盛，也是最脆弱的时期，仿佛一个青春的少女，水灵灵却十分敏感娇弱——天气的变化、虫害的侵蚀都可能影响它的成长。所以，人们才会加倍用心地给它灭茬、松土、培土、壅根。

对于棉花最爱惜的是女人。她们爱惜棉花超过其他所有的庄稼，比如谷、麦、豆类、玉米和高粱。从播种到管理，寸寸呵护千般柔情，不厌其烦，如同对待自己的儿女，不放过任何一个多出的叶片，掐掉疯长的花芯，踩死每条食叶的小虫。乐此不疲。

女人的孩子在一旁捉蚂蚱。累了，哭，让娘跟自己玩。女人仍不肯放下手中的棉株。孩子哭哑了嗓子，父亲摘一个棉桃给孩子玩，女人嗔怪：作孽，一个棉桃要纺几丈线！她们爱棉花胜过自己的子女。

天色已经很晚，收工回来的男人还不见女人回家做饭，去棉田咆哮咒骂，女人才嘟囔着极不情愿地放下手中的棉花，依依不舍地离开。她们爱棉花胜过自己的男人。

从第一朵棉桃展开时起，阳光退回到天上，温暖传递给了棉花。整个村庄的夜晚也都明亮起来。

尽情展望吧，八月的天空碧蓝如洗。蓝天下的棉田连成一片。雪白的棉花争相绽放，那是淋漓的冰雪山水画卷，向着远方伸展开来；是令人窒息的波浪涌现，白莽张扬，碎玉散撒，喧嚣着，澎湃着，直到天边。

摘棉的人腰间都要扎着布袋，棉花俯拾皆是。棉花是嫣然盛开的花朵，采棉的手如同花朵上翩然的蝴蝶。蝴蝶不停翻飞，腰间的棉袋逐渐膨胀，仿佛分娩前的孕妇。用不了多长时间，就可以积攒一垛。握一把棉花，轻软明净，它的每一根神经似乎都与大地相连，微风过处，可以听到大地脉搏的跳动。有多少父母皱紧的眉头在秋日的棉田里舒展成灿烂的微笑，那些春日里绵长多姿的理想，那些夏日里曾经空虚的愿望，此刻，可以由它一一夯实。还有什么比这样的回馈更让人感动的呢？

棉花真的是值得人们永远溺爱的花。

所以，当人们再次奔走相告他们的喜悦的时候，当他们轻轻说出“棉花”这个词语的时候，所有的辛劳焦灼所有的屏息凝神所有的宠爱溺爱都有了理由。

那是在梦里都会笑醒的收获，是连鼾声都变得甜蜜的季节。

采摘过后的棉田显得很空旷，寂寞。深秋里，棉叶大多枯萎，棉铃大多空虚。只有顶端零星地挑着几片长了铁锈的叶子，顶端的棉桃瘦小，羸弱，布满紫色的雀斑。像迟暮的老人逐渐干皱，逐渐粗糙。秋风中，风过处，叶子沙沙作响；几棵空了的铃壳上沾了几丝棉絮在风中飘荡，忽然想起父母头顶的白发，想起临行前他们叮嘱的絮语，想起离别回望时他们挥动的手。

多少年过去了，更多的植物由山野迫不及待地迁移到城市，懒洋洋地、随遇而安地开始全新的生活。只有棉花还悄悄地躲在乡下。当秋风吹来丰收的气息，城里人抬头仰望天上那朵朵棉絮般的白云时，才蓦然想起它的存在。想到棉花，恍如想到老酒和旧梦，想到一树树雪白的梨花和那些发生在春天的爱情；想到八月的蓝天下，它朴实的气息和时光的表情；想到那些经历过的岁月以及岁月中积累着痛楚与快乐的我们的故乡和亲人。

葵　花

接到外出参加活动的通知时，心情正没来由地烦躁，在钢筋水泥的丛林里蜗居久了，人是要生锈的。出去透透气，也好。

几百里的车程，司机师傅七拐八绕地将城市远远抛在了脑后。紧致的行程，怡人的风景，将自己完全交付给了山水。一路走去，回归时不觉日已偏西。车窗外，广袤的原野上棉田大片大片拥来。车窗内，一群志趣相投的人三个一群两个一伙地唠着。擅长写字的手乍然没了纸笔，不说话，还能干什么呢？而且，在肚肠不曾饥饿，倦意尚未来袭的时候，似乎再也没有什么比闲谈更惬意的事了。

一大片金黄的向日葵就是在那刻闯入我们眼帘的。

那一片，怕是有上千棵，一眼望不到边际的青叶，黄花，厚茸茸的花朵围绕着厚茸茸的花盘，齐齐地朝向太阳。在秋日斑斓的背景下，那种壮观而唯美的景象一下亮了人的眼，裹住了人的心。

我和众人一样收住了话头，朝着窗外凝视。暗自思量：什么时候起，贫瘠的平原上有了这样富贵的花朵。

似乎是久远的记忆了。它们应该生在庭院里，一行，一排，与果蔬为伍，做小葱小菜的荫蔽，或者做扁豆之类的支架。春日播种它们的应该是鹤发童颜的老祖母，而日日守候在花盘之下的，应该是那些年幼馋嘴的孙儿。冬日大风，老祖母亲自挽袖下厨，将灶火烧热，倒入黄河滩特有的沙土，沙土温热之后，再加入葵花籽不断翻炒。干净的沙土保证了瓜子的受热均匀，瓜子的香气逐渐弥漫。炒熟晾凉之后，用细筛把沙土滤去，剩下黄熟的葵花籽作为冬天夜晚的零食。馋嘴的孙儿等不到夜晚，祖母就把晾好的瓜子分装进孙儿们的口袋里。孩子兴奋地跑出自家的院子，一路捂着口袋，一边忙不迭地嗑开，热喷喷的香味刹那间萦满口舌。捂了口袋笑着回头，正迎上老祖母慈爱的目光。

那时的村庄安静而清贫。鸟雀盘旋在生满杂草的屋顶，院子外的大路上，小毛驴喷着响鼻走过，车上坐着悠闲的农夫农妇。太阳是一只古老的煤炉，发出温黄的光，那色调让人想起许多：比如菜园里随意蔓延的晃眼的南瓜花；比如中国宫廷中象征权力和威严的独有的色彩；夏威夷海滩篝火旁舞动的草裙；大师笔下那户吃土豆的人家，昏黄的灯光下，一家人乐天知命、逆来顺受的脸。还有，浪的碎片，海岛的欢歌，土豆的香气，棕榈的阴影，以及那个只有一间小窗的卧室里，凝聚了画家心力和爱的灿烂的金黄。

群鸟飞翔，万蝶起舞，朴素的原野竟然承载起了这样深沉的花朵。究竟从何时起？

若单是为了好看，篱下小院中栽几株也就够了，可以热热闹闹地开上数月。然而种田不是作诗，来不得半点矫情。能植入大田的，实用第一。可是谁又能否认，这些栽植大片向日葵的农夫抛开经济头脑之外的诗意。

棉田陇间，栽些玉米高粱为温饱之需；栽些葵花，以花为篱，为标记，让春日的希望拔地而起，将心愿朝向太阳打开，谁又能说没有几分浪漫的韵味。

想起“花径不曾缘客扫，蓬门今始为君开”的句子。几间打扫干净的草庐，一条开满花香的小路，柴门旁殷切相迎的主人，这一切，只为远道而来的贵客而准备。而今天，也有一条开满葵花的道路在我们面前铺展，只是我们不知，究竟是哪个慧心的农夫栽植下这片诗意的景致，慷慨地赠予每个有缘遇见这造化的人。抑或是葵花有心，暮色中一路相送，让自己如秋日的火炬一支支举起，照亮我那温厚而日渐丰腴的中原？

野　径

这里离开村庄已经很远，荒草和庄稼阻隔了人们的视线。莫名其妙的路开始多起来。比如，穿过一片洼地，湿漉漉的鞋子会和一条干爽的小路碰个正着。路面很窄，它的两侧不时冒出几棵匍匐在地的芦草，蛇一般扭动着柔韧的茎，努着暗红的尖嘴，指示着方向。或者拐过一个半圆形的弯道，繁盛的茅草丛中突然站起一棵树，摇晃着满头毛茸茸的叶子，开着细碎的白花，那花白生生的，扎人眼。

一年年，旧的线路还在，新的路线又被开拓出来，任何一条路都有目的，任何一条路都有故事。只是人类的眼睛未必都能觉察。

祖父平生很少夸奖人，但天明爷却是经常被他讲起的一个。据说有一年开春，天明爷在村西北的坟地边开荒。地耕了一大半，他躺在路边的茅草上休息。老牛卧在旁边，忙里偷闲地咀嚼、吞咽。田野很安静，阳光在茅草叶子上忽上忽下地跳跃，不一会，他就迷迷糊糊睡着了。朦胧中，感觉有东西在他鼻子上来回划拉，天明爷忍不住打了个响亮的喷嚏。喷嚏声还未落地，就听见一个声音问道：“你看我像人吗？”声音尖细尖细的，空气中还弥漫着一股酒气。天明爷警觉地睁开眼，四下一望，却什么都没有，等他把目光扫向不远处的坟堆，突然一阵薄薄的黄烟撞入眼帘。天明爷心里一惊：这里是荒野，平日就很少有人来，他知道碰到异类了。这类东西，据老人讲要修炼千年才能成正果。关键时刻，只差最后一口人气。如果顺着它的意图回答，它就练成了；反之，就败了。

天明爷稳稳心神，朝着坟堆后大喝一声："我看你像牛屎！"说也奇怪，那里半晌没有动静。但不过半袋烟的工夫，由远及近，高低不平的荒草开始唰啦唰啦地响，还夹杂着嗤嗤的鼓气声。不一会，自西向东，一大片沙尘向着天明爷所在的方向席卷过来。风很大，吹得地上的碎坷垃满地乱滚。迎着风，天明爷的粗布褂子也被鼓荡起来，扑啦啦地捶打着肚皮。那沙尘的形状，活像一条蓬松的尾巴，正中央，隐约可见一个尖尖的嘴巴。老牛先慌了，眼睛瞪得溜圆，哞哞叫着，挣脱缰绳逃向了远处。天明爷顾不得追牛，他从地上抄起铁锹，攥紧锹把。沙尘越发近了，沙粒吹到铁锹上，噼里啪啦地响。待到那沙尘离他不过三尺远的地方，用尽全力将铁锹投出去。只听得一声嚎叫，沙尘蓦然转了方向，一团黄影，朝着西南方向的宴贺台急急窜去。

站了很长时间，天明爷才想起去追牛。缰绳攥在手里半天了，一直哆嗦，再低头，才发现原来发抖的是自己。第二天早上祖父和天明爷结伴来到地头，发现铁锹还在，锹头有一大半嵌进地里，锹头上粘着一块血淋淋的毛皮。那毛鲜黄鲜黄的。一道暗红色的血迹，顺着一条小路，蜿蜒向了西南。

那块毛皮，被天明爷钉在了墙上。冬夜围炉，在黯淡的灯光下，闪烁出朦胧的光亮。那天发生的故事，多次被别人提起，问当事人，天明爷却笑而不答。据说那东西也没再出现过。似乎都在躲避对方，小心翼翼的，避免正面接触。

瞒着母亲，我曾好几次偷偷去到田野深处，专门寻找一些小路，在周围逡巡，查找，试图发现点什么，但失望的时候居多。有几次，我找到过一窝青色的鸟蛋；还发现过一个大洞口，隐蔽在土丘后面。几丛野草覆盖着洞口，成为很好的伪装。分开杂草，里面黑洞洞的，我试着用手试探一下，一股凉气从里面窜出，仿佛有什么东西生发出一股吸力，仿佛我随时都可能被它吸进去。我脑袋一炸，赶紧逃掉了。

很多年过去，有的路径横生了荒草，也有的荒草处被踏成新路。人走在上面，从孩童到暮年，走着走着就没入了黄土，留下一个个坟包在鲁北大地隆起，作为曾经生存过的标志。除了人，其他的生或者死都隐藏在河流和树丛之外，没有留下任何踪迹。

有一年夏季的一天，父亲在邻村喝多了酒，我搀着他回来。一直下着雨。斜斜的雨丝把我和父亲都织进了雨幕。我们深一脚浅一脚地走着。走了很长时间，都没有找到回村的路。披在头上的雨布也不知什么时候掉了，雨水顺着我的头发滴下来，沿着脸颊，蜿蜒、凝聚，落到地上。天灰蒙蒙地压下来，四野一片雨声，那种嘈杂和莫名的恐惧，我永远忘不了。后来，从我们身后赶上来一个人，腿一拐一拐的，但神情很悠闲。擦肩而过的时候，我闻到一股明显的酒气。从方位来看，他应该从我们村庄方向来，我一颗悬着的心总算放下了。拐上他的来时路，父亲突然伸手一指不远处一座土丘，说“喏，你天明爷，当年开荒……”，他没再往下说。土丘上，茅草被雨水冲刷得碧绿碧绿的，没有一丝败像，除此之外，什么东西都没有。远远的，身后似乎传来一声叹息，再凝神听，又好似模糊不清的歌唱。回头看，刚才遇到的那个人踪迹全无。只有雨声唰啦唰啦地，在身边响着。

丝　瓜

你第一个醒来。踏出家门的第一步让你觉得新鲜，白天里人来人往的街道此刻十分安静，蛐蛐的叫声从青草丛中浮起，你第一个享受了这纯粹的音乐。东方的天边亮起了玫瑰色的晨光。打个呵欠，你把一只手插进裤袋，另一只手提起放在墙角的篮子。竹制的篮子上沾了一层夜雾，提起来，篮子底下的土还是干燥的，留下一个椭圆形的印记。空气自由清爽，早起的人并不多，篮子和身体之间保持着大约 5 到 10 厘米的距离，你走得从容，笃定，每走一步都有一种走到时间前面的自豪。

栅栏门非常简单，是用木条子订成的，做成一个屏障，防止鸡鸭钻进来捣乱。从春天到秋天，菜园主人一次次地挪动，让木条和肌肤接触的地方变得光滑。一把锁早就生了锈，很多年了，挂在一条铁链子上，钥匙已经不知道丢到了哪里，挂一把锁头只是做做样子，事实上，任何一个陌生人都可以轻易推开栅栏，进到园中做一番检阅。

盛夏让草木都变得更加浓密，暗绿、浅绿以及某些花木顶端浅红色的嫩芽，构成了这个季节主要的色调。现在，秋天开始了，丝瓜以后来居上的态势在菜园中确立了自己的地位。

《本草》中记载："（丝瓜）二月下种，生苗引蔓延树竹，或作棚架。其叶大如蜀葵而多丫尖，有细毛刺，取汁，可染绿。其茎有棱，六月、七月开黄花，五出，微似胡瓜花，蕊瓣俱黄。"这一番描述可谓详尽。"胡瓜"即黄瓜。丝瓜花和黄瓜花都是黄色，形状也差不多，但丝瓜的花盘大，很泼辣。黄艳的花朵攀在墙头，骑在树枝，顶在架上。不是君子兰那样雍容中带着傲气，也不是向日葵那样如同阳光中薄金的风铃，而是憨憨的，带着丝绒般的质感。

夏长，秋实。立秋之后，丝瓜叶愈加繁茂，不几天，就有累累果实垂挂于瓜架之下。长成之后，用剪刀沿着瓜蒂"咔"一声，切断丝瓜与藤蔓之间的关联。有棱的表皮，粗糙的质感，拿在手里有沉实的喜悦。用手指甲去掐断瓜蒂不是件太容易的事，指甲切入藤蔓，受到柔韧的经络的阻挡，汁液渗出，沾染到手指上。整个清晨，手上就保留了这种气味，直到后来它们才逐渐消散掉。丝瓜结果多，竹篮很快突兀而出，加上几只辣椒或者茄子，颜色的搭配让它有点非同凡响。

取新鲜丝瓜来，去皮，切片，做成汤。开锅后打入鸡蛋，加一点海米进去，味道更加鲜美。或者用猛火炒制，加一点红辣椒，红绿相间，别有一番滋味。《本草纲目》中关于丝瓜的功效中，有"除热利肠，去风化痰，凉血解毒"等几句，因为职业的关系，入秋之后，家里的餐桌上少不了丝瓜，利肺腑，利咽喉，一举两得。老秋至，丝瓜花叶凋零，在最高处，常常有采摘不及的老去的丝瓜悬着。秋风吹来，瓜叶与藤蔓摩擦，簌簌作响，另有一种萧索之美。老去的瓜络可用来擦拭器皿，洗澡搓背。随着科学的发展，人们发现丝瓜还有保护皮肤、消除斑块的作用，是不可多得的美容佳品。总之，由外而内，从藤到根都有能派上用场，小小的丝瓜，让人刮目相看。

丝瓜颇入画。曾于画廊看到一幅国画，题名《庭院一角》。画面上有几条丝瓜，半架藤蔓，丝瓜丰茂，叶大果肥，瓜顶黄花，鲜嫩可爱，又有翩然而至的蝴蝶增添无限生趣。仅一角田园风光，便画出了一个甜美温馨的勤劳人家，至今印象深刻。

提着满竹篮的丝瓜走回家去，是童年时代难忘的记忆。绿意和清凉让一切变得不可思议：推开栅栏门时，摘丝瓜时，那随风飘荡的蛛丝是美的，振翅飞起的蚱蜢是美的，从高处荡下的小小青虫也是美的。这不仅仅是一架丝瓜所带来的乐趣，它们的存在也让文字变得笨拙而多余。

第三辑　南有乔木，不可休思

远处走来的人

暮色如兽，汹汹地吞没了大野。

一队溃败的士卒，在北方的原野上狼狈前行。马蹄声凌乱，兵刃还在手里，然而看得出来，他们疲惫极了，饥饿极了。他们急需一些水来滋润焦渴的喉咙，急需一顿热乎乎的饭菜来安慰辘辘饥肠，哪怕有一碗米汤暂时果腹也好，可是眼前的村庄一片死寂。前线作战的消息传来，老百姓都逃难去了，这一片平原上，天知道怎么有那么多的灾荒和战乱。黄河发大水的时候，有士兵过境的时候，这里的百姓睡觉，一只手都要抓着包袱，随时准备逃命。

四处寻找粮食的士兵终于在村庄里发现了一个老者，把他推搡到一个首领模样的人跟前。老者拄着拐杖，气喘吁吁，一株老槐树叶婆娑，犹如老人眼睛里颤动的惊恐。那人阻止了士兵的推搡，和颜悦色地询问："老人家，我们走到这里又渴又饿，烦劳你给我们弄些吃的吧！"

老人张了张嘴，又叹口气："村里的人凡是能走得动的，都逃命去了，哪里还有粮食留给你们？"

“没有粮食，你吃什么！”士兵没好气地一声凶吼，首领用凌厉的目光再次制止了他。

老人喘口气，用拐杖朝着村北指了指，星光下，只见一片黝黑的剪影：“去那边吧，去了你们就知道了。”

火把照亮了道路，引导这群疑惑重重的人来到一片桑林。他们运气好，桑葚正熟。甘美的桑葚抚慰了辘辘饥肠，休养之后，大队人马重整旗鼓，继续投入了战斗。

六百年前发生的这一幕被后人记入了史册。那首领就是燕王朱棣，史册里记下的是伐北过程中与无棣车王镇这片古桑林的一些渊源。据说朱棣当了皇帝还念念不忘此事，专门派人到无棣（其间改名为海丰县）补种了当年被大军砍伐的一些桑树。后来传下命令，不准骚扰栽有桑树的村庄，由此，无棣的许多村庄得以保全。

这个故事给这片命运多舛的土地带来一丝光亮和喘息。人，有赖于植物存活，村庄因为树木而得以荫庇的例子，在中国的历史上不胜枚举。这样的植物有可能是几棵青松，有时是一丛亭亭翠竹，或者是一棵芭蕉，也有可能是后山的一片杏林。它们因为与人类的机缘而创造了一些值得流传的故事，但是，它们不需要人类感恩戴德。春来秋去，在一年一度的轮回里，松树就是松树，芭蕉就是芭蕉，活得从容不迫。

人和人是有缘分的，一个人和一棵树也是有缘分的。它展开叶子，抖落一地绿荫的时候，恰好给你遮住一轮骄阳；它开花的时候，恰好让你闻到馥郁的香气；它结果的时候，恰好被你品尝到它储蓄久了的甜美。这样，当你多年之后回望，对那片绿荫，那阵花香，那些果实怎能不怀了或多或少的感激？从此心里有了一个惦念的理由。尤其是这样一棵孤独在野外生长的树，和它的交集更是难得。温室里的花草，城市里整齐划一的行道树，无论卑微还是尊贵，都有专门的人员定期照料，给它们浇水、施肥、诊病、捉虫，而那些生在野外的树呢？没有人专门照拂，全部都是自生自灭。一个人，如果无依无靠，生活教会她早熟，教会她心事重重，可是，一棵长在野外而且无依无靠的树，可有谁问过树的心事？“春燕归来无栖处，赤地千里少人烟”的时候，它有没有为人类流下悲悯的泪水？当寒光凛凛的刀剑就在身边砍削的时候，它有没有胆战心寒？朝代更迭，诸侯崛起的时候，有谁听过它在风里的婆娑，谁能分得清，那窸窸窣窣的声响是叹息，是倾诉还是抽泣？谁又能告诉我，经历了这些年的刀兵战乱、天灾、地震之余，它的叶片依然油亮发光，恰如返老还童的少年，谁能告诉我，它心底的信仰是什么？

古桑林静静地躺在蓝天之下，身边围绕着将要成熟的麦田和果园，许多鸟在枝丫与瓦墙之间穿梭。最古老的一棵桑树据说有千年的树龄，占地半亩有余，枝丫横斜，生机勃勃，所产桑葚一样甜美。没有人知道它们在想些什么。一季季雪花飘飞，一季季温暖的雨水落下，桑，依然用慈爱的目光迎接一群群向它走来的人。

她从秦氏的木楼中走来，提着竹篮，竹制的篮子上装饰着好看的桂枝，她走向田野，她的一颦一笑，她的一举手一投足，都是如此美丽。她抬眼一望，那些耕作的人便顾不得手里的农活，只痴痴呆呆地看着她。她走来，隔着桑林和田垄，如同月光，所有见到的人都感到周身沐浴在皎洁里。

远远地走来一个人，从淇水对岸的村庄走来。他抱着几捆布匹，想要换取对面一个姑娘的蚕丝。哪里是为了换蚕丝啊，春阳下，最美的不是散发出馨香的桑叶，而是那个勤劳的姑娘。他的笑容憨厚，言语温顺，是一个极老实可以托付的人啊，于是，在布谷鸟的鸣叫声里，她嫁给了他（谁能想到他后来会变心呢，这个言笑晏晏的男人）。

还有一次，朝着桑林走来的是一个孩子。他的家在邻县。他跟我讲，外祖父的老家后面有一片桑园，树冠高大，托举起一树紫褐色的桑葚，每个春天他都沿着徒骇河去看望外祖父。有时徒步，有时脱了鞋子跑一段路，跑得累了就从路边捡起几块石子扔进河里，“得拢！”吓得河边的青蛙赶紧跳回水里。外祖父的村庄到了，不急着走进家门，先爬到老树的枝杈间吃个肚儿圆。有人看到，给他的外祖父报信，说：“你的外甥来看你了！”

“在哪呢？”

“后园子的树上。”

他笑，说这话时，窗外风景流动，身边熙熙攘攘有人声。我察觉身边这个人极其可爱的一颗童心。

吃饱了，和闻讯而来的伙伴们在桑园的空地上追逐奔跑，呼啸生风。一直咚咚地跑进天井里，时常被外祖母捉住：“看看这一头的汗，歇一会，我给你做好吃的。”

千百年了，不断有人从远处走来。有人来采摘桑葚解渴充饥，有人来攀折枝条，有人养了一屋子白生生的蚕宝宝。有的人来到桑林什么都不做，就是在老树底下歇脚纳凉，默默地靠着树干坐一会，心里的秘密比树上的叶子都多。有些人在树干上砍削过刀剑，擂响过拳头，有人气急败坏，有人含情脉脉。不同的人在这个世界上散发出属于自己的气味，凭借这个，他会发现自己的同类。

2016 年 4 月，我们去另外一个城市参观，停留的地点之一就是周自齐纪念馆。他曾经是创办清华第一人，也是在北京城修筑第一条马路的人，做过出美大使和代理大总统，后来离开政坛创办实业。生前功绩赫赫，然而几十年后，他的墓地被人掘开，所有陪葬品都被盗走，荣华富贵，如同叶子上的光影，晴天里闪烁一会，就没了。从纪念馆退出来，我和同学沉默不语，良久，她叹息一声说：

“你看，再显赫的人物，不过百年风光。”我点头称是。

其实何止一个周自齐呢，秦皇汉武，唐宗宋祖，包括在这座“汉风古镇”车王镇留下过踪迹的李左车、刘邦、樊哙和朱棣等人，一个个曾经留名青史的人都归于黄土，轻轻的，静静的，犹如桑林中飘落了一片叶子。人世间的浮华，年年岁岁花相似，不同的是，年年不断有人从远处走来，怀着不同的欲望。一个人如果没有过分的欲望，他的意志就十分坚定，如一棵树，有淡泊从容的气度；如孤立的山峰，有一种出自内心的刚强。

生活在村庄里的人大多安于现状，而每一个在旷野行走的人，大多都有着不肯安于现状的理由。谁都不知道，明天会发生什么惊天动地的大事；谁也不敢说，远处走来的这个人，是不是那个制造惊天动地大事的人。我也不敢说。

平原的日子，能有什么惊天动地的大事呢？对于一棵树来说，春来之际，能发出新芽就是大事。

树的故事

在我还没有最终确定向谁表达自己的感激之前，它们率先进入了我的视野。

有时候是一棵小草。牛羊在你的左右磨磨蹭蹭的，呼出的热气喷到你的头上。你没空理它们，忙着和另外一个人闲扯。你们的话，牛羊听不懂，即便听懂了要回应几句，它们的话你也听不明白。这个时候，是土墙下的一棵草及时出现，化解了双方的尴尬。那棵草离群索居，鲜嫩欲滴或者憔悴伶仃地遗世独立着。也许它本来就没想到会被发现。但它的位置又那么惹人注目，又怎么能藏得住。谁都不知道种子从哪里来，它又在那里存在了多长时间。谁有时间去关注一棵草的发芽和成长。只有牛羊关心它们。于是，大家都找到了事情做。聊的继续聊着，无聊的，伸出舌头卷住那棵草，“砰”的一声，草被卷进了嘴里。有它哄着，牛羊能安静一会儿。牛羊是草的知音吗，用片刻的工夫来对话一棵草的一辈子。无事可做的日子，人会抢到牛羊的前头，把那棵草折断，叼在嘴里，整个下午，像一头牛或者一只羊那样，咀嚼那点清苦。大地的滋味在你嘴巴里翻涌，于是，透过一棵草，望见整个秋天。

有时候是一支笔。在关掉台灯之前，把桌上的书本收拾整齐，这是我多年养成的习惯。我不喜欢把它们摊在桌上一走了之，那样的桌面如同一地无人收拾的粮食，看了叫人心疼。那支铅笔从书里掉出来，骨碌骨碌地滚动了几下，停靠在台灯旁。青绿色的外皮，有六个棱，拿在手里很舒适。遇到喜欢的句子，拿着铅笔画下一些线或者随手记录些什么，我喜欢这样。有些人和事必须要写下来才显得真实。似乎不去记录，生命旅程中的这些人和事就会倏忽而去，快得像骑上了马。空白的纸张就放在手边，那些留白，是应该有笔尖划过纸面的窸窣声响。不管这支笔落下来的字迹是蓝的，黑的，是圆珠的还是自来水的，是簇新的一支还是裹着几层透明胶打着石膏的，只要能写字就好。灵感的火苗烧得噼啪作响，已经成形的句子就在嘴边了，让人再也不能安坐，你起身，在客厅里转了一圈，脚下生风，却没有发现一件可以写字的东西——随便什么呀，都好。你拐进卧室，没有看到。转进书房，桌子上没有，拉开抽屉，一阵翻箱倒柜。突然，一张发票映入眼帘。乖乖，好久了呀，就是找了好久都没有发现的票据，它竟然藏在这里。还有去年的一个水晶吊坠。冰凉的温度，好像它刚从去年的沉睡中醒来，打个呵欠，从水晶的倒影中终于认出了你。那是一个什么样的天气里，和谁一道买下了它。整个夏天，它陪着你经历了一些人和一些事，突然有一天你再也没有找到它。仿佛一只鸟，去了你永远找不到的地方。

当你终于捏着一支可以书写的笔回到原来的房间，面对空白的纸页，却已经忘了想要表达什么。灵感如同布袋里的粮食，在你寻找笔墨的过程中，不知道从哪个出口一点点漏光了。它们蹑手蹑脚，轻得没有一点声音。没有灵感的大师，被打回原形。不过是个系了围裙，穿着拖鞋，蓬着头发的沮丧妇人。所以你会明白，其实有时候，真的只要一支笔就好。一串号码，一个验证，一条短信，一个绝妙的句子或者提纲，当你想要记录，手边恰好有一支笔早已等候在那里，只等着你一声呼唤，它就会应声而至，冲锋陷阵，万死不辞。那一刻，该多么令人感激。

有时候是一棵树。太阳渐渐毒起来的时候，路边的树也渐渐展开了叶子。阳光和树叶之间有没有约定我不知道，人和树却有着某种约定。树荫也许只是一小团，只能遮挡住脑袋，也能让一个赶路的人奔赴过去。藏身其中，歇歇脚。往天上看，云在飘。往地上看，人在走，连田野里的庄稼都在随风摇摆，而这个人从容满足地坐在那里，以不变应万变。再抬头看看枝头那团叶子，多么鲜绿呀，明明自己已经泊进了一泓晶莹的泉水中。心情一好，陌生人之间也可以找到共同语言。两个人，一人坐在一棵树下，隔着一团燥热的空气打招呼：这个说这树长得可够快的，那个说，可不，这家的人勤快，肥上得足，水浇得勤，能不快吗？俩人相视一笑，感觉眼光如此一致，世界和平，岁月静好。

如果是一棵歪脖树，人背着一捆草从地里回来。走到树下，走不动了。放下草，人靠着凸起的树疙瘩撑一下，脖子那儿像多了一双手，源源不断地输送力量。歇好了，人继续赶路。歪脖树站在那儿，斜着膀子打招呼，随时欢迎再来。多少年过去，那些长得顺溜的、出众的树都被砍光了，歪脖树不成材，盖不成房子，打不了家具，砍下来当柴烧，又太费斧头和力气。树的主人决定不再理会，它就在那儿一直长着。风里雨里，它看着人从童年长到少年，长成青年，后来又到了老年。人老了，力气渐渐被拿走，躲着躲着，还是躲不过一天天朝着土里迈进的脚步。而树呢，树的根，从一开始就深扎进地下。根扎稳了，才伸展枝叶。一棵树一活就是上百年。人活一辈子，再聪明再有本事，都没比过一棵树。

我还想说一说另外一棵树的故事。

师范毕业，第一次被抛进社会的丛林里，初尝了失意的滋味。同级毕业的其他人都分到了镇上的学校，而我和另外的两个男同学分到了三所乡下初中。一南一北一西，三足鼎立，地广人稀，很少联络。

那天去报到，我骑自行车，骑一阵，推一阵。家里的黄狗估计是不放心，跟在我后面。我把它训斥一顿，它一步三回头地跑进庄稼地里去了。清晨，路上的行人不多，但每个人似乎都清楚自己的方向。报到的通知在我的口袋里装着，那张薄薄的纸上，写着我的目的地，但我不想承认。倔强的心在迷惘和不甘中有了小小的偏移。这样走着走着，拐到老河汊，人就累了。我干脆把车子打好，自己坐到就近的一棵杨树底下。朝阳刚刚升起，沐浴在霞光里，整棵树，从上到下一团神圣。叶子在我的头顶窸窸窣窣说着什么。路上的人很长时间经过一两个。我就这么坐着，听头顶的声响。看看远处，其他的树有的个头高大，有的更粗壮，但似乎都不如它有气场。它矗立在河沿上，威风凛凛，不怒自威。风吹树叶的声音，仿佛对失意人的安慰。我的心突然一动，想把那几天藏在心里的事情都告诉给它听。

听完我的心里话之后，它就成了我的树。这是一种奇妙的认证，世界还是那个世界，但我和这棵树的关系却从此不同了。上班下班我喜欢在它旁边停留一会儿，有时在树底下坐一会。它婆娑或者安静，我呢，脑袋里琢磨一些事或者在心里骂娘。但更多时候，我们都安安静静的，作为知音，交流时不一定非得有琴声，甚至不需要有任何声音。夜里偶尔失眠，我听见墙外的杨树叶子被风吹得哗啦啦响。更远处，隐约还有另外一种声音，节奏沉稳，不卑不亢。我听得出来，那是我的树发出的安慰和提醒。很多个夜晚，在父母的鼾声中，在墙角秋虫的呢哝中，我把耳朵朝向远方，在隐隐约约的安抚声中沉沉睡去。

慈眉善目的校长给我安排的任务不重，教一门生物课，其余时间在教务处打杂。每天清晨七点之前我要到校，给所有同事记录下考勤的时间。守着一个浅灰色的铁皮夹子，里面一份点名册，来一个人，我记下他到校的时间，来一个记一个，直到九点左右，二十多人全部到齐。我一早的工作也就结束了。年轻人很少，除了教课之外，我只有看书。慢慢地，我觉得自己也成了一本书，披着日渐增多的灰尘，躲在穷乡僻壤等待纸页发黄、变脆、老去。

那年冬天很冷，发生了很多事。村西的柴垛旁，冻死过一名路过村庄的流浪汉。卖布的李老四丢了一捆布，他贪杯，喝了点酒，黑灯瞎火的，第二天早上才察觉。他怀疑那匹布丢在老河汊那里的坑洼路上，被放羊的拐子捡了去。从此，只要喝了酒，就去拐子家门口骂骂咧咧。开卡车的张顺，拐着邻村的一个媳妇去了南方。他们开着车走的，那天清早有人看见河岸上，一辆卡车迅速朝南驶去。一群男人离着几十米的距离，飞奔赶来，举着渔叉、铁锨边追边骂。河岸上腾起漫天的黄沙，把那辆车和所有的人、连带他们的声音都裹挟了进去，再也没见回来。

沿河的小路，热闹了又清静，清静了又热闹。冬季的某一天，一批人来到河边，开着挖掘机清理河底的淤泥，清淤时，道路被从中截断，淤泥就倾倒在岸边，杨树们都埋进淤泥里，只露出半截身子和脑袋。下一个春天，树干被掩埋的地方渐渐长出了根须。另一批人也来到这里，他们把淤泥铲走，沙土拉到城里某处工地上。于是，树干又重新裸露出来，带着根须的树干变得不伦不类，如同变节的叛徒，却又变得并不彻底。那段日子，小路不能走了，我只能去离村庄更远的路上绕过去。我看不到我的树，它也看不到我。其实我倒没什么可担心的，因为我的日子从这一天望到下一天。从一毕业望到退休，永远是循环往复波澜不惊的样子。而它被淤泥厚厚地淹没，地上留下的高度，大约是过去的一半。我无从知道，在被黑暗吞噬的日子里，它究竟在想什么，有没有孤寂、绝望过。挖掘机曾经在它身上撕了两道口子，白色的树干暴露在凛冽的北风里，树皮周围渗透了一圈暗红——那是它的血吗？那个疤，一直跟着它了。

其实那个时候，我搞不清自己需要的是安静还是热闹。如果有人来到我面前，告诉我，你的一辈子就落在这里了，你任命吧，以我的性子，也就认了。但如果有人说，你不应该在这里耗费掉自己的青春，你不比他们差，应该争取更好的发展，那我也认了。但没有一个人给我指出一条明路。我的树也没有，它所有的枝条都向着天空托举，没有一根向着东方或者西方，告诉我，该认命还是不服输。

但我还是从它托举的动作里有所领悟。我所能做的就是试着像它那样把根深扎在地下，雨水到来的时候，尽量舒展自己；落雪的时候，缩紧自己。我参与到一场又一场的风的追逐中，任由它们把自己吹得狼狈不堪。多年之后，当我终于可以在丛林中找到自己的位置，把臂膊向着更高处举起，我感觉，即使再多的淤泥掩埋，我也能从容地钻出枝条。

榆

“榆柳荫后檐，桃李罗堂前；暖暖远人树，依依墟里烟”，一千多年前的东晋，有个叫陶渊明的人，寥寥几笔，就勾勒了一幅温馨的乡村图景。桃李在人前热热闹闹地招展，榆和柳呢，在房后眯缝着眼睛看着，如同温厚长者。

一千多年过去，诗歌里的几种树木依旧蓬勃地生长，尤其是榆，深得村人喜爱。细究起来，原因不外乎三个方面，一者，榆树耐寒耐旱，木质坚硬且全身是宝。据《辞海》记载：榆树嫩叶、嫩果可食，树皮可制糊料，叶煎汁可杀虫，树大成材可制作各种农具、家具。”确实是这样。那时村人盖房多用榆木做檩条，经年后房屋破旧，瓦断砖残，抽出檩条一看，依旧坚硬如初，可在新房上重复使用，其他诸如杨、柳之类则差了许多。二来，“榆”与“余”谐音，寓丰饶富足之意。三者，榆树好种，好养。榆钱飘飞的季节里，下一场透地雨，村前屋后就能萌生出一片新榆，葱葱茏茏的。

那时榆树不招虫，就那么干干净净地立在街头巷尾。可以想见，一个古旧的村落，鸡鸣犬吠，一派安详。四个季节按部就班地铺展开风景，树木是其中的点缀，亦是风景中的主角。昨日还是枯寒瑟缩，二月春风一过，便五色斑斓起来。杏粉，桃红，梨花雪白，就连不甚招摇的大叶杨都忙不迭地悬起一串串蓬松的绒条条。

蜂围蝶绕的行列中，榆不动声色，它是华丽舞台上的配角。然而落红飘尽，枝叶扶疏，当季节的舞台突然出现了空挡，谁肯来填充其中的寂寥？焦急地抬头寻去，忽见平素忽略的榆树枝头已经挂满青翠欲滴的榆钱，那一刻，惊喜一定会在你的眼角眉梢荡漾开来吧。

远看，满树榆荚儿晶莹、高贵，像一串串的玛瑙。近看，枚枚榆钱像微型团扇，轻盈温存。

岁月也有颠倒的时候。多少个饥荒的日子，榆树们慷慨地献出自己的榆钱、叶子，甚至枝条、树皮，直到赤条条枯寂在寒风里，同村庄一道苟延残喘。苦苦等待来年春风又起，只要树根还在，它依旧会顽强地在风雨中抗争。只要一息尚存，它们依然可以伸展开稠密的枝条倔强地张舞。

季节可以错乱，但榆的家族却一直生生不息，不断壮大，终于成为平原上一道不可替代的风景。多少年了，它们滤去岁月的苦，留下微微的甜，在榆荚里，在榆叶里，在树皮里。一岁岁，让人追忆，让人缅怀。

幼年时，老家南窗下就有一棵老榆，年岁日久，树皮开裂多皱，矮墩墩地将大半个树冠探向墙外。春日榆荚满头，夏季洒一地绿荫。门外是一条长街，常有来往小贩歇脚于树下。祖父热情，待人以旱烟、开水，于是老榆下人声不断，乡间奇闻趣事常听常新。谁家闺女考上大学了，谁家小子参军，寄回立功喜报了。张三家的媳妇为了分家跟婆婆吵架，在泥水里打滚两天没吃饭；李四闯关东回来，还带回个漂漂亮亮的媳妇，咋看咋像邻村的某某。晨钟暮鼓间，婆娑的老榆似一卷发黄的书册，笑眯眯地记录着村庄的变迁，任意摇动一枚叶子，都能从中抖出村庄的故事。

小贩的叫卖声也常在老榆下回荡。印象最深刻的是卖油条的顺叔。清晨从梦中醒来，顺叔豪气干云的吆喝往往已在街巷中回荡：“香——油——馃子！”一个“香”字拖长音，余音袅袅，叫人垂涎，不知道他的油条该有多么香。他那时大概四十多岁，身量胖大，脸膛黑红，一双大手总是油汪汪的，尤其喜欢逗小孩子玩。

不记得哪一年起，榆树开始生虫。榆叶被它们咬得千疮百孔，很不成样子。没办法，人们只得将榆砍掉换成其他树种。从此，榆逐渐退向日子的深处。

近日读书，偶见写榆的章节，讲它们已经退居西北，字里行间颇有感伤之意。北地苦寒，那些娇贵的树种不易存活，但榆本就生于西北，耐寒，耐旱，你说，这算是退居还是坚守？计较字眼之间，忽然莞尔。用哪个词形容它并不重要，重要的是榆在故乡并未绝迹。巷尾田间或者在某个废弃的院落，依然有它们粗粝的身影。缓慢地生长，沉默地目送踌躇满志的远行人，默默地迎接晚归的游子。一年年，孤单而执着地守护它们的村庄。它在，即是一种生的明证；它在，已经温饱的人们不觉。但是它若不在，“故乡”这个词语，必然会显得空旷无依。

榆，是凄苦乡情里的微笑和拉扯不断的顾念。

榆，极像我们逐渐老去的亲人。

燃烧的原野

村庄在清晨静默着。多少年了，它用一条土路和外界保持着单线联系。一个早晨，你看见路旁的树绿了，一个早晨你闻到了清甜的花香，又一个早晨，不经意间抬头，一团红云笼上了枝头。你把扛在肩头的铁锨放下（它和衣衫一道被太阳晒黄了），默默地吐口气，这吉祥的树，到底没辜负一年来的惴惴，最终挂出的是丰饶和祝福。

冬枣树，我不是第一次见到了，但这个秋天，我还是带着一种奔赴源头的冲动走向她。牵引电线的铁架如同巨人林立原野，从高速路口转下，车队一头扎进了浩渺无边的冬枣树的海洋。车子向着纵深行驶，车窗外枣林蓊郁，野花摇曳。绿的青翠，黄的烂漫，白的迷茫。野草迷离，铺展成一幅壮阔的秋意渐浓的画卷。在满树的枣香里，恍如进入世外桃源。尽管已是晚秋，别的树木已经开始落叶，但冬枣树还是枝叶繁茂，葳蕤中透出勃勃生机。同别的枣树比，冬枣树树身低矮，高处不过两米，低的不足一米，都是满身挂果，压弯枝头。为防树枝断裂，四周均以小木柱支撑着。树木低矮、茁壮，果实饱满、挺括、璀璨琳琅，这才是名副其实的饱满的秋啊！

随意推开一扇柴门，热情的主人招呼，欢迎到园子里来采摘体验。如果只是看看或者路过，她们依然热情：那就随便摘几个吃，反正都是自家地里种的。“自家种的”这四个字，听在耳里，格外有一份质朴，那是踏实过日子的认真劲。是啊，篱笆矮矮的，只是一个象征性的阻隔。探出头来的枣子，一伸手就能够到。偌大的园子，也只留一个人看管，还是一个象征性的管理者。一杆台秤，一个马扎，热闹或者安静地待上一天。村庄也是静默的，推开门，一些叶子静静地落在庭院里。碗筷摆在当屋，似乎屋子的主人并未走远，墙角的牵牛花寂寂开着。更多的人呢，在原野和集镇之间穿梭忙碌着。摘下来的新鲜冬枣，需要分装、储运，从这里发往全国各地。在整个枣乡，集市上，道路旁，大车拉，小车推来的，是成筐成篓成袋的冬枣。绿翡翠红玛瑙，就这么整车整车、整袋整袋地摆在你面前，阳光照耀下，赭红中透出紫色的光泽来，如同宝石，叫人爱不释手。不，说“宝石”个头嫌小了，冬枣的个头要大得多。个头小的普通，也有的如小号乒乓，大一些的像鸡蛋，像小苹果。两三个枣子即可以满一把，你说能不叫人喜爱？沉寂的原野上，人流涌动。四处的客商慕名而来，把小镇忙碌得热火朝天。下洼镇的企业很多都是依托冬枣产业发展，一路走来，“冷储”“物流”“加工”之类的招牌令人眼花缭乱。

然而多年以前这里是怎样的境况呢？同行的老师向我们说起，60年代闹饥荒时，家里的东西吃光了，人们就向北走，到下洼这里来挖野菜度日。套尔河和秦口河两岸广袤的盐碱地上，生长着黄宿菜。带着苦味的野菜，帮人们熬过了多少饥肠辘辘的岁月。据说一到秋天，满野的黄宿菜叶子就会慢慢变红，整个原野像铺了一层红地毯。阳光照耀着这片穷困的土地，人在田野里播种、耕耘、奔忙，如同鸟兽一般在冬季到来之前储蓄食物和热量。风在草木间呼啸而过，广种薄收，流水一般冲刷着人们的耐性。瘦弱的鸟兽和人群消失在同一缕残阳里，幸福已经无从顾及。

奇怪的是，偏偏是这片盐碱地上竟然生长出冬枣这样奇特的水果。据说天赐神品大多孕育在非凡之地，得天地精华，吸日月灵气。比如，龙井只能产在西湖，雪莲只能长在天山。作为果品新秀的冬枣，只有长在滨州才味道纯正。为何？水土异也。不知道这是不是上苍对于这群一直追赶岁月，一直很有韧性地扎根于此的人们的奖赏。

滨州北地几县土质特殊，北临渤海，南靠黄河，历史上是海水和河水交替漫溢的所在。“海潮入侵则田野斥卤；黄河决口则一片汪洋”。漫漶难辨的古迹中，我们依稀可以想见当初那种恣肆奔涌的水势。多灾多难与得天独厚往往一步之遥。在数百年前，当第一株冬枣神奇地降生在这片贫瘠的土地时，是否已经印证了这一点？究竟是天造地设还是鬼使神差？昊天无言，大音希声。无论上苍恩德多寡，冬枣不计苦寒扎根于此是实实在在的。传说中的冬枣女神“娃”的塑像在蓝天之下静默着，一手托举着圣果，一边俯视众生。她播撒的是种子，而把这种子发扬光大的依然是人。从无计划种植到有序发展，鲁北人渐渐走出一条适合自己的路。硬是把一个名不见经传的小镇发展得出类拔萃。“全国 3A 景区”、“全国农业旅游示范点”、“山东省最佳休闲乡镇”、“山东省最具发展潜力乡镇”等荣誉纷至沓来，我仿佛听到拓荒者的脚步穿越荒野，橐橐而来。也许他们曾经是遥远年代失败的一群，被抛弃的一群，又是在浩荡的时间之野上重新强大起来，循着岁月追赶而来，最终展颜大笑的一群。

脚踩着肥沃的土地，我流连于这宁静的园林。除了偶尔传来几声鸡鸣，此外就是一片寂静。天已正午，又一次接近冬枣树，攀着一根枝条，一簇簇红色的冬枣缀满枝头。摘下一颗，放在嘴里咀嚼，一口咬去，枣子“啪”地开裂，一股甘甜的汁水瞬间在舌尖漫溢开来，脆生清爽，连一点渣滓都没有。放开手中的枝条，我向远处眺望。晚秋了，冬枣的枝条依然指向空中，在每棵树下，落叶正在铺就一幅茸茸的地毯。而在每棵树顶，叶子落下的枝条已经在孕育萌芽，让人期待下一个燃烧的秋天。

春从柳上归

每当看到柳条上轻烟一样的绿意，蛰伏了一冬的心情就如同山溪般活泼起来。

没有张扬的枝条，没有太多的苛求，借几缕东风，飘一蓬白絮，不过一场春雨就随遇而安。不计较土壤，不思量水肥，只于默默中展枝伸叶。春来，膨胀满眼生机；夏至，洒落半院绿荫；秋起，褪去一身繁华；冬临，苦守一季缄默。直待春风又起，火热的希望重新在残雪中鼓苞，开始又一次的轮回。

柳，就是这样的质朴无华，这样的本色隐忍。

在乡下，小路旁，光秃秃的河岸边，不经意地就长出了一根柔枝。没有人在乎它是草是苗，因为这里不是农人的庄稼地，锄头铁锹和牛的脚掌都没工夫理睬它，所以也就任了它自由长去。秋后，竟然长到了一人多高。只因它是柳，农人们依旧不奇怪。没有发现了宝贝般的欣喜，偶尔地用镰刀砍削一下多余的侧枝就算对它的眷顾。一年年任其自生自灭。间或把它当个栓耕牛的依靠，几锹粪肥就是对它最大的酬劳。

田里的庄稼春耕夏耘，农人的锄头犁耙一次次拿起又放下，庄稼长势良好，弓起的腰背上写满喜悦；庄稼不好，古铜的脸上布满愁容。七月的艳阳发疯般地攫取大地的水分，劳作了大半天之后，抬起沉重的脚步不自觉地迈进田头的那片绿荫，这才恍然发觉，那柳已然长成。半是愧疚半是感恩地打量这不经意长成的大树，感慨地拍打一下粗糙的树干，就像把拳头打给一个心意相通的哥们。

乡下的孩子见不得柳。春天里，封存了一冬的顽皮无处伸展，见了刚生芽的柳像是哥伦布发现了新大陆，吐口唾沫“噌噌”几下爬上树去，拣均匀的枝条折下。趁着新鲜劲儿拧开，抽去里面的木质白芯，做个柳哨子“笛笛”地炫耀自己的喜悦。夏日的中午，冒了日头上学，兀自不肯白白挨这份辛苦，总要折些柳条，编成一顶柳帽带在头上，所有的萎靡一下因了这样的帽子变得神气十足。他们想起电影中那些带柳帽背长枪的人，榜样是最让人崇拜的，所以，那些小毛头因了这顶帽子变成了老成的英雄，可以挺胸腆肚地荣耀一回。

上了学认识几个字之后，乡下的孩子总想着让全世界知道自己已经是个读书人了。于是，那些路旁堤边的柳又成了最初的“广告牌”，特别是嫩些的柳树上开始多了小刀的印记。“某某到此一游”；“我和某某好朋友”，“某某人大坏蛋！！”——根据标志者的情绪和力气，那印痕或深或浅，歪歪扭扭。年复一年，柳宽容地记录着一批批儿时的记忆，直到树下的童年渐行渐远，它仍保持着当年的姿态，认真地做着最后的守望。

柳是乡下的，童年时我一直这样认为。然而，当年纪渐长，当我推开一扇扇古诗词的门，忽然发现，这看似土里土气的树原来也上得厅堂。

《诗经》中有“昔我往矣，杨柳依依；今我来思，雨雪霏霏”之句：那曾经的如绿柳般朝气勃发的少年，而今半生飘零垂垂老矣，曾经的记忆也只作了黑暗中的几点烟火，温暖自己已然苍凉的心房。柳，见证了伤感离别，成为一部流传千古的《诗经》的注脚。

几千年前，人们开始有了折柳相赠的习俗，借用了“柳”与“留”的谐音，以示依恋之情。柳，成为牵动亲人游子的丝带，从远古绵延而来。从“年年柳色，灞陵伤别”到“春风知别苦，不遣柳条青”，古人的诗词千千万万，十之八九离不开柳。

一样杨柳多样情。写柳的诗词中，最伤情的莫过于“今宵酒醒何处？杨柳岸，晓风残月”，大江边，残阳如血，情人即将登程，满腹话语，却不知从何说起，唯有执手相看泪眼，无语凝噎。不知他乡湿漉漉的天空下，是否也有同样的年年杨柳青青，是否也有同样的相留相送，是否也有同样的风情？

同样的柳，可以寄托离别，可以承载人类的一腔幽怨，也可唱出盛世的苍凉慷慨。可以被一双稚嫩的手折作柳笛，也可以被一双粗糙的手打磨成栋梁。可以生在江南明朗的岸边，绿柳繁花，浅草马蹄，赞赏有加；也可以落在漠北广阔的土道旁，立地生根，笑对孤寂。可以走进文人的诗歌酬答中流芳千古，也可以一生居于僻乡陋壤无人问津。

岁月如流，年华易老，柳似乎逐渐落伍了，老朽了。不老的正是那记忆中的平易和高雅，时时牵动今人万般情怀。

樱花开时风满袖

这个春天似乎来得格外迅猛。从第一棵草萌生出绿意，从第一朵杏花鼓起花苞，我的目光便一路追随。当鲁北大地还略显荒芜寂寞的时候，网络上却已经热闹开了，从南疆到北国，从 QQ 空间，到微博、微信，就算足不出户也能领略春天的踪迹。印象颇深的，当属武汉大学的樱花，那一树树的柔媚，在春的荒凉面前显得格外亮眼。跟朋友抱怨说：看看人家南方，果然山水秀美，连樱花也出落得格外妩媚动人。我们本地呢，杏花已经开败了，梨花桃花鼓出的芽苞还小，正是青黄不接的时刻。于是，周末只能待在书房枯坐，神游四方，心却不知道在哪里安放才是。恰在那时，接到友人打来的电话：看到网上武大的樱花了吗？我知道一个地方，樱花开得还要美，还要多。……不用跑到湖北，就在家门口。嗯，一山的樱花等着你。对了，明天是个大晴天。有专职司机，有地主负责接待。去不去？

这样的盛情相邀，焉有不去之理？电话这头，我快乐得几乎要拊掌大笑了。友人说的地点就是邹平县的樱花山。邹平的几个老朋友也是很久没有见面，看花又看人，一举两得。

第二日阳光果然晴好，天空干净得似乎能拧出水来。驱车一个半小时后到达樱花山下，一路走来，草木萌芽，树木吐绿，老老少少举家出游者众，人人一脸喜色，山下的停车场似乎也紧张起来。进山的手续却是严格的，一切井然有序，避免了盲目混乱。跟着范廷伟老师等几位老友，从山脚下爬起，向腹地挺进了几百米，只觉得山风扑面，碧水荡漾，还不曾看到樱花，心就已经醉了三分。范老师一边走一边介绍樱花山的由来。原先这里是一片荒山，很多山头都没有名字。颜景江先生从2004年起立志开荒拓土，改造这一片区域。十多年的经营，投资数亿元，靠着一股子韧劲，硬生生将这片荒山变成了青山绿水的国家级风景区。“栽树，第一年下来，苗都瞎了。”“为啥？缺水！”“后来找人专门设计，先通水源，有了水，草和树才开始成活。”范老师详尽的介绍，让我们对景区有了更多的了解，再去看这里的山山水水，不由得增添了许多敬佩。

一句：“到了！”收到指令的一行人齐刷刷停住脚步，抬头看，“哗”，我们的眼前，猝不及防地展现开一片世外桃源般的美景。惊叹之下，言语是苍白的。站在那里，我只有满腔的赞叹，却不知道说什么才好。道旁两侧的樱花树，枝条交融，形成一座立体长廊。它们仿佛一夜之间接到讯号，齐齐整整地绽放开来。漫山遍野，触目所见都是白色的花朵，腾腾烈烈，明媚鲜妍。仔细听，似乎有战鼓擂响，那是进军的信号，每一棵树，每一朵花，都是信号的遵循者，忠实地遵守生命的时序，不拖沓，不抢先，熙熙攘攘奔赴一场盛大的生命典礼。

女作者们抢着在樱花树下拍下美丽的照片，男作者们跟上，游人也开始多起来，樱花树下，很快汇集成一条人的河流。熙熙攘攘，挨挨挤挤，和树上的花朵一道，泛起涟漪，向着纵深处流淌而去。游人如织，有男有女，有老有少，各式各样的面孔，操着不同地方的口音，在樱花开放的这一周，齐齐地聚集到了这座山上来。树上是春色，树下是人间。

人间有春色，春色满人间。连日来的荒凉和寂寞心境，被这优美的景致渐渐冲淡了，消融了。

随着人流向着山顶攀登，道路两旁，樱花开得烂漫，不时有走累了的人就地歇息，山路两侧迎春盛开，黄色的花朵也格外醒目。人们停靠在树下拍个照片或者大口大口地呼吸新鲜空气。走累了，我们也休息一会，好在山不算太高，路也不陡峭，这里的山路，修得很随性，并不是那种需要奋力攀爬的绝壁、陡崖，走起来不至于太累。休息的时候，才发觉有山风温和地吹。樱花的花瓣就飘飘摇摇地落下来，直至下午时分，落英缤纷，接一朵在手，樱花是五瓣，中间的蕊丝细长，泛着红色，难怪在图片上远远看去显出粉红的样子。透过斑驳的花枝仰望苍穹，蔚蓝的天空格外明净。低头，看那些落花之后的树枝，萎谢之后，枝柯间忽然变得幽阒沉寂，如同终于了结了心愿的女子，从此甘愿开始另外一种静默的人生。

繁荣的背后是什么？岂不是生命的荒芜和清凉。

只是阳光下这些来赏花看景的人们，在树下经过的时候，在回头怀想的时候，可有知花之心，可有惜香之情呢？

风吹花落，拂了一地还满。山路上渐渐积了一层花瓣，有高跟鞋碾过，有运动鞋踏过，也有些人就不忍得去踩踏，于是从两侧水泥台基上绕行。有个五六岁的小男孩，本来跟着大人走，可是落在后面，大人攀上台基过去了，可是他不能，站在一层厚厚的落花前，着急得要哭：

“怎么办！我该怎么办……”因为用力，他的脸蛋红扑扑的，他的追问声，在山径上传得格外遥远。

还有人和这个孩子一样，对生命也怀了怜惜吗？

想起一段旧事。一个小镇，一个紧靠集镇的小村，疏疏朗朗地在月光下散布着。这户人家，前面站着水塔，旁边睡着池塘，她的家就建在池塘旁边。据说往北走还有一座土地庙，后来被拆除，只留个地基。神和人，塔和池塘，都服帖，满足，守候着各自的一片小天地。

也是在月光下，她的母亲讲起她儿时的故事，如何不忍心踩踏蚂蚁，都是低着头走路。家里杀鸡她必然哭闹不休，害得两个哥哥只能跑到亲戚家去解馋等等。

老人的话我是深信不疑的，她是我的同桌，敏感，也热情，看不得别人伤心，不等别人哭，她先掉眼泪了。我们曾经在初中毕业前结伴住宿在一起，那样的夜，她在灯下复习，北风呜呜作响，我们被安排在最里面的房子里，床板厚实，被褥温暖。她的脸蛋胖嘟嘟的，皮肤白皙，像个洋娃娃。她的成绩也好，和另外一个班级的男孩子经常争夺年级第一。老师们也经常在课堂上做比较，列举他或者她如何刻苦，如何聪明，以此来做大家的表率。

不知道从什么时候起，他们好上了。写信或者传纸条。她的眼睛有时哭得红红的，忽然又破涕为笑，有时会望着窗外呆呆地想心事。有一回晚自习，非要拉着我去外面走走，神秘又带着无比信任地让我看一张贺卡，正面一行字："倘若心意相通，即使路再遥远，心也是近的。"背面是男孩子的名字。她说：这是最好的生日礼物。说话时，她的眼睛亮晶晶的，我才知道，那一天是她生日。

所有人都认为他们会有个美好的未来，我也掐算着他和她几时高中毕业，考上大学，恋爱结婚修成正果。直到听说她休了学在家养病，后来说精神出了问题的消息。那一刻，我钉子一样地钉在那里，如同五雷轰顶，整个人似乎坠落进云雾里，不记得是怎么回到家的。我怀疑这传说是假的，也亲自去她的老家探查过，那水塔和池塘还在，可是她的家门紧紧地关闭着，一把大锁锁住了一切。问邻居，邻居说他们早搬走了。黯然道谢，返回，不知道为什么心会那么疼。

多年以后，我看到《心经》中有这样的句子："以无所得故，菩提萨陲；依般若波罗蜜多故，心无挂碍。无挂碍故，无有恐怖。远离颠倒梦想，究竟涅槃。"这些句子告诉人们：得到与否并不重要，因为心中没有牵挂，所以也就没有恐怖。远离了那些不切实际的想法，才能到达彼岸。多年之后的我也终于明白，所有的贪恋哀伤，都是自己执迷。可是，我该如何解释给她听，她才能入心？我要到哪里才能找到她呢？

这些年，我也走了一些弯路，过了一些消沉的日子，可是痛苦过后，我心里有牵挂，知道不能一头栽下去，而是告诫自己，高高低低的路啊，走过去，总能看到尽头。“飘风不终朝，骤雨不终日”，再疼再疼的日子，熬过去，就会慢慢看到光亮。

可是，她不是。她一直是那个心意执着的孩子，她的一颗心里，有了蚂蚁就没有路；有了一个人就再也没有自己。天宽地阔，多少人只想着自己，心中无挂碍，洒洒脱脱，可是她却做不到。

不知为什么，面对满山盛放的樱花，我突然想到了她，那个生着一双干净眼睛的韶华女伴。在后来陆陆续续听到的关于她的消息里，母亲带她去投奔了外地工作的父亲，病情得到控制，等精神好一些，她嫁人生子。只是，我不知道她过得好不好，孩子可健康？男人待她可温和善良吗？黑夜里，她还会点亮台灯温书到深夜吗？月下，她还会拉着别人的手诉说惊喜，脸上可还有瓷娃娃一般的闪光？

风，细细地吹着，拂过时光，拂过往事的灰烬，也拂过一树树眼前芳华。似乎是一位旧相识在对我轻轻絮语，也像一双温和的手抚摸一个别人未知的痛处。微风过处，我慢慢舒了一口气，祈祷：只要她健康，所有的消息都是好的。

而每一个心意执着的人，她或者你，你们，不都像那个心思纯明的孩子？在花下，在风中，只考虑花的疼痛，而忘了自己和周遭的世界。

生命就是这样吧，萌芽有时，含苞有时，盛放有时，凋零有时。有不曾预料到的打击，也有已经为疼痛准备好的坚强。无论静谧还是壮烈，都是生之姿态，都值得一步一个脚印去眷恋，去不舍，去感谢并珍重。所以，我也小心翼翼地绕过满地飘落的花瓣，仿佛踏过生命的爱与忧伤，向着这一径生命的漫漫长途，向着美的纵深处继续走去。

石榴就是一些话

八月，水稻在田野里逐渐变黄。喧闹之前，村庄是安静的。母亲从商店买了几包月饼，她要赶在中秋节来临之前送到别人家里去。

月亮升起来了，泛着白亮的光。母亲和凡姨在院子里说话。我倚在她家的木栅栏上听她们说话。听不清内容，但我能感觉到她们的气息。凡姨的脸瘦瘦的，黑黑的。母亲和她早就熟识。她们的娘家村子离得不远。她们的谈话内容也就穿越了少年、青年和如今的中年。其实她们可以有很多时间坐下来谈谈。比如，下地回来路过彼此的家门，可以停下来说话。但她们都有三个孩子需要照顾。所以，在那晚的谈话之前，好像大家见了面总有说不完的话，又总有理由不让她们把话说完。

世界很不公平。不过那晚我很满意。听两个投机的人说话，是愉快的。瓜菜在成熟，凡姨家的小院子里，有一棵坠满果实的石榴树。这是一个厚实的秋天。我快要睡着的时候，她们的谈话结束了。凡姨依依不舍，送我们到门口，忽然她一拍脑门，转身回去，不久就捧了黑黢黢的几枝过来。塞给我，是石榴，凉爽敦实，占满我的手掌。母亲让我谢过她。她摸着我的头发，叹口气，说："这闺女，头发好，将来命也好。"凡姨的头发用两个大卡子别在耳后，似乎一年四季都是这样的，我无从辨识她的头发是好还是坏。

她站在月亮底下目送我们，走了很远，一回头，还能看见她站在那里。

石榴甜甜的，很快被我们吃完了。孩子的味蕾是直观的，天生就会趋利避害。所以，多年以后我都不明白，绝望究竟是什么滋味，可以让一个健康的人放弃生命投奔另一个世界。但事实就是那样。凡姨在那个秋天丢下三个孩子，自尽了。

母亲为这事思量了好久。在她看来，日子其实是可以过下去的，只要再挨一挨。

当一棵幼小的石榴树在我们院子里扎根的时候，那件事已经过去了好多年。凡姨是一个象征，山穷水尽的时候，母亲常常拿来做比较。父亲就不再作声了。多年之后，我读冯杰的《水墨菜单》，他说"石榴适合一个人独自消磨时光，也适合两个人来说话……一颗石榴吃完了，剩下一捧话，人也该走了。"读到这里，想起旧人旧事，让人伤感。

村人一茬茬地老去。石榴树飞快地成长，像村里一茬茬的少年。它的风头逐渐盖过枯干的枣树，盖过经常生虫的桃树。母亲给石榴树绕了一圈矮小的篱笆。在小院子里显得有点不伦不类。父亲收拾多余的坛坛罐罐。从这个角落搬到那个角落。皱纹开始爬上他的脸，他的额头。他的头发变得灰白，并且逐渐稀疏。我帮他抬一个水泥的柜子，父亲走在我身边，记忆中身材高大的他忽然显得矮了。

矮了的，还有房子。街道也窄了。村子里不断有新房子盖起。鞭炮的硝烟散尽，一座座新房竣工。总有人不肯安于现状。在缓慢的乡村岁月里，房子的高度成为一个家庭新的时尚标。

父亲拿着锤子敲敲打打，对我们的房子修修补补。房子就像他的身体一样，总有点小毛病。去年气管有点问题，打打点滴过去了。今年他的血压有点高，吃吃药，也正常了。

有很长一段时间，我不想回家。我已经不再奢谈理想。书籍被封存起来。没事的时候，我也到书店去转转，看那些书籍被包装过，优雅地站在橱窗里。我时常看看定价，然后若无其事地走开，心里没有任何波澜。

缤纷的景色吸引着我远行。在长岛，一个渔村里，导游带我们到指定的人家吃饭。然后到指定的人家去休息。两张大圆桌把院子的空隙填满。酒足饭饱之后我们走向下一个人家。忽然就看见了一棵石榴树。它长在院子里，树冠被窗纱罩起来。院子里没有别的树种，月光下，石榴树的叶子泛着油油的光，厚茸茸的，枝头结着累累的果实。我想起一只母亲般的手抚摸过我的头发，想起她说“头发好，命也好”。在手的周围，是墨黑的夜色，在夜的天幕上，挂着一轮朗朗的月亮。

杏　树

有时我在半夜醒来，窗外夜色黑暗，一种令人窒息的感觉萦绕在周围。时间仿佛凝滞了，我分不清自己究竟是不是还活着。有一个场景一直深深地印在脑海：我从高山之巅跌落下去，四周是呼呼的风声。悬崖极高，没有尽头，是跌落还是纵深跃下，我不记得了。总是坠落，坠落，深不见底，从内到外的恐惧。我盼望有一双手，突然抓住下沉的我。但是，没有。我盼望光亮，任何的，哪怕从坚硬的铁板上凿出一丁点的裂缝，透进一丝外界的气息。我竖起耳朵，机警地捕捉声响，哪怕一声胆怯的虫鸣，或者野鸟的梦呓，或者，树枝的关节被风撞了一下，咔一响——黑暗的夜里，我体味到生命对于另一种生命的渴望。多年以后某个无眠的夜里，我打开手机，看到时间指向了两点。脑子里突然冒出几句话来："种子播入土壤，差一天也不能成熟。所以急没用，唯一要做的，就是等。"我把它保存下来，当作失眠的馈赠。

对于机遇，我们只有等。写到这里，我仿佛看见老杏树摇晃了一头碧绿的叶子，提醒我不要忽略它的存在。

村庄像个巢，吸引了众多的鸟儿前来。童年时代，我每天醒在鸟鸣里。有多少种鸟，什么时候叫，叫多长时间，都是固定的。它们就停在窗外。时间一到，准时开始练声。那叫声如一场场细雨，把每个清晨洗涤得干干净净。

杏树是年轻的，也是孤独的。它站在高台之上，高台在大路旁边。高台本来是一块宅基地，不知为什么没有盖上房屋。私人的地基，没有播种瓜菜或者庄稼。土壤大概是盐碱的，不见有荒草和灌木，也不见有鸟儿落在它身上。树身粗壮，不怎么光滑，夏天的午后常有一些胶质的东西分泌出来。唯独这时，才可以吸引周围的孩子们过来游戏。没有一只鸟落在它身上。它不开花，当然也不结果。它是一株奇怪的树。大人们都说它是一棵公杏树。人分男女，树也可以分个公母。这样一解释，我们就信了。口耳相传的知识远比书本上学到的东西更有趣，容易记。

村庄里总有一些独特的东西。比如一所藏着牌坊的院落，比如一个整天低头絮语，和这个世界绝缘的疯子，或者一棵怪异的杏树。但外观上来讲，它们和平常事物没什么区别。外人途经此地，一个小时甚至半个小时他们的眼神就会被始终如一的景色染得黯淡。田野、沟渠、房屋、树木，平原上的东西缺乏冲击力。外地朋友来，我们会带他们去看山，看海，跑一百多里路，去看烟火缭绕的庙宇。然后，在生意兴隆的酒店吃饭，在城里干净的客房休息。村庄只是广袤平原上的一个点：斑驳，平常，不值一提。但是这里没有怨恨，没有诉说，炊烟按时升起。杏树的主人按时拖了长音在巷子口喊她的孩子们回家吃晚饭。

关于她，除了有一次改嫁的经历之外，也没有什么可圈可点。关于她家的那棵树，除了不开花不结果之外，也没有别的古怪了。

伯母曾经抱着孩子在树下留影。她那时很年轻，长得清秀，以致别人总怀疑我是她的女儿。树木做照片的背景，比用布、用墙做背景更好看。照相需要技术，我记得有个留着分头的年轻人的生意确实好。他拍的照片很注意背景，他常常用河流、庄稼和树木作为照片的点缀，使得那些照片看起来很有灵气，那样的照片场景我到现在还很怀念。电脑技术日益普及，照片的修饰功能越发强大，照片越来越好看，也越来越假。

总有一些不期而遇的人闯入生活。有时是半夜路过的醉客，吵吵嚷嚷，口舌不清。有时是村庄的新人。雨后，有人在泥水中打滚，是春天新娶的媳妇，吵着要分家，后来被人劝到另一家的门洞里。她的婆婆站在家门口，浑身湿淋淋的，脸色煞白。婆媳俩都要死要活的，也不知道她们接下来的日子怎么过。怎么过呢，到了第二年秋天，就见她抱着孙子满大街炫耀，儿媳妇呢，养得白白胖胖的，在院子里低着头洗尿布。

经验和教训催人成长，而智慧和权谋就蕴含在朴素的生活里。

有一段时间我很景仰学问。村庄里我的启蒙老师已经作古。前辈们忽然老了，沉默了。我和新一代的人没有多少交往，他们在新事物面前常常局促不安。偶尔无礼，倔强。有一年夏夜在家门口乘凉，听他们谈天说地，竟感觉滔滔不绝的话语里见解不俗。邻居的儿子在上海打工，已经成家立业，他为儿子做了十年规划：先在上海打工赚钱，儿媳妇看孩子，同时照看一个小商店。把攒下的钱在本地城里买套房子，收租。房子要在靠近学校的附近买，方便孙子将来上学。家里的老房子明年翻修，院子里的土也要换一换，将来哪天有变动，城里实在待不下去，就让儿子一家回乡下种地。照样过活。他的深谋远虑让我感叹。他的出发点是先搞好生活，要在城里站稳脚跟。城里是前沿，乡下是后盾。乡下的家是不能丢的，哪怕房子老去，破败，也要留着，这是根。

听完之后，我赞赏他的规划既想得远，又很实用。他边说边搓手，有点局促地说："你是见过世面、受过教育的人，见识到底和我们农村人不一样。"他忘记了，我离开土地的时间不过短短十余年。

村庄里很多人都搬进了新家。留下一些空空的院落和一些带不走的树木。主人搬走的那一年春天，杏树忽然鼓起繁密的花苞，并最终开出一树美丽的花来。在村北，在来来往往的大路旁，一树花热热闹闹地开在早春的荒凉里。花朵粉白粉白的，从上到下开满了。这般娇嫩的美，村庄几时见过？这又不免招来过客的指指点点：“这树真奇怪，主人一家在的时候它不开花；主人刚搬走，它就开花了，可真邪门了。”老杏树似乎也有些腼腆，或者它还有一肚子的委屈，或者它根本就懒得理会那些议论。无论怎样议论，反正事实就是那样了。麦子黄了的时候，看护杏树的寡奶奶给我兜来一兜杏子。我坦然地吃下去，很甜。没觉得有什么特别。如果杏树就此终老，故事也就平白无奇了，问题在于它的主人，不甘心让它老死在旧村落，搬家的时候把它也一并移走了。结果那个春天，它在开出了一季繁花之后，再也没长出一片绿叶。

中庭有槿花

一夜细雨，滤去了多日的暑热。偶然向窗外望去，忽然发现教学楼前的树上已经绽开了许多蓓蕾。那些紫红的花瓣随着晨风起伏，如同一朵朵的浪，越过一条干净的水泥路，翻过一围短短的冬青，一直冲击到我的窗前才猛然收势。

这些年学校搞发展，拆了建，建了拆，花草树木往往最先受到牵连。加上土壤贫瘠，所以十几年下来，青青的垂柳枯了，当初繁茂的白蜡死了，只剩这几株草坪旁的树，不仅长得喜人，而且一到六月，花朵们都会准时登场，足足开满夏秋两个季节。花开了，校园里的日子就有了色彩。可这是什么花呢，好奇地去问生物老师，他们不知道。去问当初栽种它的后勤人员，他们也说不上来。

不知道它的名字，却并不妨碍对它的喜爱。而且喜欢它的，不止我一个。花开的日子，男女老少，有意无意的，都要到这条小路上来走一走。看看花，听听琅琅的读书声，忙碌的脚步开始慢下来，复杂的生活似乎也变得简单了。

来来往往的人群里，他是赏花最准时的一个。学生时代，他是我们邻班的老师，教学方面以严谨著称，一上他的课，调皮孩子都变得老老实实。现在他七十多岁，前些年得过一次脑血栓，半边脸留下了不自觉抽搐的毛病，脑子也有些混沌，他想要知道的事，问过，转眼就忘记了，下次遇到，再问。问得多了，便怕遇见他，即使遇见，也装作匆匆忙忙的样子，点点头，就过去了。

他倒是不在意，每次相遇，依然热情地跟我摆摆手，打个招呼。

父亲被汽车碰伤住院的一个多月里，不想惊扰别人，我便编造了种种理由，来往于学校和医院之间。骗过了所有的同事，却没有瞒过他的眼睛。那天我背了一大包换洗的衣服从医院回来，遇到他。不知是背上的包裹还是我疲惫的脸色泄露了什么，他问："最近是不是有事啊？我好几次见到你匆匆忙忙的，脸色也不大好。"看他一副打破砂锅问到底的架势，我只好避重就轻地把父亲的伤势说了说。他认真地听着，一边安慰我，一边交代了几个医生的名字，说那是他的学生，如果有什么需要，可以帮忙。我一一答应着，虽说不想麻烦人家，但心底里仍然感觉暖暖的。再遇到，他依旧是摆摆手打个招呼，我也依旧是点头致意一下，只是心里多了些感动。

父亲入院以前，我的一组《〈诗经〉笔记》在当地报纸连载。父亲入院后，这事就放下了。后来父亲康复，我的笔记却没再拾起来。闲了，浇浇花，种种草，觉着如此懒散下去，也不错。

那天晚饭后散步，老远看他摇着蒲扇走来，点头致意之后，他喊住我，笑呵呵地问："那笔记怎么不见你写了呀？"

我一愣神，想了想，问道："什么笔记，是我读的《诗经》么？"

"是啊"，他说："写得挺好，每一篇我都看了。你现在还年轻，多写一点，对自己对工作都有好处。"

当地的报纸是一份晚报，并非写作的人所追求的那种纯文学期刊，虽然感谢编辑老师给予刊发的机会，却也存了一份不在意。以为，那些字淹没在大幅的广告和民生新闻里，没有几个人会认真去看。即便看过，也未必记得作者是谁，更不会关心她是否写下去。想不到一直关注着我的人，竟然就在身边。这种关注不声不响，静默到无声无息，仿佛不曾有过。心里有喜，有暖，更有感激。

夜里查资料，无意中得知了楼前那花的名字。那一刻，脑海里有念一闪，想起白居易的一首诗："风露飘黄昏，中庭有槿花，荣落同一晨。"原来，诗人吟咏的、村人房前屋后用作篱笆的以及日日陪伴我窗前的花，就是木槿。

满阶梧桐月明中

我喜欢泡桐树，在法国梧桐还没有普及之前，泡桐就是乡人心中的梧桐树。

二十世纪八十年代的家乡，曾经出现过一阵植树造林的热潮。一些生长快、材质好的树种被迅速普及。就这样，几株梧桐顺理成章地留在了我家院中。从此，见它日益挺拔，绿荫如盖。小窗启处，推出一弯新月，满树清风。

春日，梧桐新生的叶芽厚茸茸的，如迷人的眉睫，一树新发的花儿淡雅如诗。我喜欢在这样的季节里散步：一个人走过长街，人家的高墙内不时探出一两株梧桐，满树花儿白紫交融，让人心中溢满柔情。

中国的文人偏爱梧桐，在古典诗词中，梧桐尤其与愁绪紧密相连。“无言独上西楼，月如钩，寂寞梧桐深院锁清秋”，冠盖蓬勃的梧桐，在国破家亡的李后主眼里，只剩了凄凉。“梧桐叶上三更雨，叶叶声声是别离”，周紫芝的词里，敲打着梧桐的夜雨是离别的前奏，一声声，一下下，黯然销魂。到李清照的笔下，梧桐细雨，勾起亡国亡夫之痛，深入骨髓，更是“怎一个愁字了得”。文人的愁苦、弱者的挣扎、人生的百般情味，只有交给一树树梧桐来寄托，来宣泄，来传达。

中国的乐师也偏爱梧桐。众所周知，桐木是造琴的上选之材。它声学性好，共鸣性强。“汉吴人有烧桐爨者，蔡邕听到火烈声，知道是良材，请工匠用它来制琴。果然有美音，而琴尾特别焦，故名焦尾。”蔡老先生的当机立断，抢出一截带火的梧桐，造出了一把千古名琴，成为琴史上的一段佳话。

还有两把名琴也和梧桐有关。据说，吴钱忠懿王能琴，遣使以廉访为名，广为物色良材。使者到了天台，夜宿小寺之内。听到窗外有瀑布之声，晨起视之，瀑布下淙石处，正对一屋柱，那柱子正面向太阳。使者考虑：若是桐木，则良琴在此。以刀削之，果桐也。于是使者贿赂僧众，求得良材，一年后斫成献上，一曰“洗凡”，一曰“清绝”。皆为旷世之宝。从这则故事中，可以肯定，古人为造一琴，访遍天下只求一桐并非虚言。而良桐，确如故事中所说，生长在寂寥的山间，受得了风雨击打，耐得住庸常岁月的冲刷。在孤单的岁月里，它默默地吸收天地灵气，日月精华。静静聆听山泉漂流冲荡，渐渐地，那些琴音嵌在它的年轮里，一年年，一遭遭，使得它成为最完美的音乐木材。直到有一天，它遇到一双识别它的眼睛，遇到一双操琴的手，遇到一个渴盼它的人，那沉寂了许久的空灵而缥缈的韵律才会在人间响起，洗净凡心，清绝入耳，高山流水，绕梁不止。

古代传说中，梧桐是凤凰栖息的树木，被称为“凤凰木”。《庄子·惠子相梁》中，也提到了梧桐：“夫鹓雏发于南海而飞于北海，非梧桐不止，非练实不食，非醴泉不饮。”故事中，庄子自比为高贵的凤鸟，非梧桐不停，非甘泉不饮，执着于自己的理想，表明自己不苟且于乱世的志趣。神鸟的眷顾、雅士的钟爱，让我对看似普通的梧桐也多了几分钦佩。

五月里，随朋友参观当地一先贤的故居。从正门进去，那是一座青灰色调为主的院落。几进几出。说古朴幽深尚可，与富丽堂皇却一点边都沾不上。一路参观了正房、书房再到陈列室，在一个热心青年的讲解中，我们才有了一个比较系统的了解：吴式芬，山东无棣县人，官至清代内阁大学士，是我国近代著名的金石学家。他半生攻读，半生为官，却是一生做学问。他的成名，不只因为他拥有“两榜进士”、“一品官阶”的历史地位，更因为他拥有著述等身的创作财富和多学科的研究成果。在陈列室里，翔实地记载着他的诸多研究成果，看来，“硕学通儒”之誉并非虚名。

叙述完了先贤的主要事迹后，那年轻人又说：“吴式芬，官做得大，人做得好。不光他自己，吴氏一家自顺治至宣统出了9名进士，20名举人，38名贡生，这个号称‘中华无二家’的科贡门第，只要在朝为官的，都清政为民，没有一个被人戳脊梁骨的。他们学问好，人品好。”

临行之前，我再次环顾这座朴素的居所。正堂前，一株老梧引起了我的注意。据标志牌上记载，它有几百年的历史。在经历了百年风雨之后，它兀自茂盛，在初夏，碧绿的枝条间挑起簇簇花枝，青叶片片舒展。它不如大叶杨般的金刚怒目，不用呼啦啦摆出架势，只是枝干挺拔，磊落分明，静静地站在那里，就是一位乡间逸士。

树熟的柿子

公爹从乡下来，和往常一样，没有事先打电话通知。如果我们都还没下班，他就在楼下等待。坐在电动三轮车上，神情悠闲。有时候会等很久。看见同一个楼道的邻居，经常主动跟人家打招呼，神情里保持着与邻为善的殷切。

有时候他来，只是为了解闷。婆婆过世后，我们是他在这个世间唯一的亲人了。有时候来给我们送自己种的蔬菜：几条丝瓜，一捧豆角，用濡湿的稻草捆好。有时候是几只萝卜，个头没长足，萝卜须子上还粘着土粒子。或者是鸡蛋，放在塑料袋里，裹好几层，红红绿绿的。打开袋子，丰盛的感觉。无论他送什么，都当着他的面欢欢喜喜地收下。其实小区门口的市场上，各种应季的蔬菜都有，很多菜都比他送来的水灵。

最喜欢和孙子聊天，大声地应答着，一惊一乍地表示着赞成或者反对。偶尔某件事争论起来，他固执地坚持自己的意见。儿子呢，青春的年纪，已经懂得不争。儿子说：咱们要对爷爷好。他所谓的“好”，就是顺从爷爷的心意。有一回买了几只柿子来，儿子吃了一口就吐掉了，说是太涩。他一脸无奈地说，这柿子不是正熟，是捂熟的，所以不好吃。爷俩后来的话题就转到了栽树上去。

印象中，公婆所在的村子里没有什么像样的树。井水是咸的。所谓可以吃的“甜水”要到村外去挑。土地碱得厉害，阔叶树长不起来。院子里常见的是枣树或者榆树。歪歪扭扭，活得十分艰难的样子。后来虽然通了自来水，可村庄里的树木依旧稀疏得可怜。

就在这样的背景下，春天，他托人买了树苗，在院子里栽下几棵柿子树。天旱或者是土壤的原因，最终只成活了一棵。叶子长得皱皱巴巴，看起来活得很不舒心。对于树的前景我们都不看好，他却很上心。把柿子树周围的碱土都换掉，填了很多粪肥。浇水，松土。第二年，叶子终于舒展开了，从春天起就铆足了劲似的，向外探出了很长的枝条。整个树冠油光发亮。后来，柿子树开了花。一共开了两朵。很高兴地打电话告诉我们。回老家的时候，他热情地领着我到树下一一指给我看。朝阳一面的枝条上，有一朵花谢了，花蒂处已经初见柿子的雏形。我赞叹果实的好看，他一脸满足地听着。末了，说出自己的担心，他说，就怕鸟儿来叼。是那种叫声粗粝的鸟儿，嗓门大，秋天果实成熟的时候，它们蜂拥而上，一个中午就能把一树果子拧光。

很担心那两个柿子的命运，其实更担心的是他的身体。X 光片上已经显示病变转移到肝部的阴影。距离他的胃癌手术，不过才一年多的时间。一再提醒他，不能劳累。给他买吃的，穿的，用的。带他去附近的景点游玩，去北京旅游，去爬比较矮小的山。在风景区他会给孙子和外甥女买纪念品，价钱不贵，挑拣时充满喜悦。出去久了是不行的，会记挂家里的鸡鸭和狗，也记挂那棵树上的柿子。

他说，上回下雨，俩柿子烂了一个，只剩下一个了。

他说，得等到上了霜好吃了，给我孙子尝尝。

他说，千万别叫鸟儿啄了。

真正去爱一个人，需要时间，也需要能力。无论这个人是爱人还是父母。换了一些调养的药之后，他的身体好了一些。看见他又能吃得下饭，脸色红润一些，我们紧张的心就会松弛下来，转身去忙碌自己的事。

秋末的某一天，下班回家，儿子说爷爷来过又走了。送来一兜鸡蛋还有一个大柿子。从饭厅取过来，托在手掌上给我看。是柿子，但看那丰硕的个头，不是常见的扁平形状，而是圆滚滚像个大苹果。外皮橘黄色，表面结着霜。

爷爷说了，树熟的，好吃。

爷爷还说，明年就能结更多了。儿子一脸向往，兴奋地说。

我把那颗柿子放在客厅的窗台上，放了好久，直到深秋，摸着软了，才让儿子吃了。自己也尝了一口。味道甘甜、软糯。脑海里想象着公爹天天绕着柿子树查看，后来终于等到成熟，把它安全摘下的样子。

会不会长长地松了一口气，感觉终于完成了一项使命？会不会想象孙儿拿到柿子兴奋的样子？会不会黯然伤神：这是第一次摘下柿子，也有可能是最后一次吧！明年呢，即便长出累累的果实，可老天爷让不让自己活到下一年？

这些年来，身边的亲人老的老，死的死。他和我们都知道，人世间总有生离死别，终是不能长久地陪伴。可是，明明知道结果就在那里，却都习惯了怀揣希望地走下去，哪怕这希望很小，小到只是留给孙儿吃的一只树熟的柿子。

槐林深处是故乡

一

明人张岱有言："人无癖不可与交，以其无深情也。"任何一份工作，都有它无聊平庸的一面，而"癖"则是用来与之抗衡的最好方法。日子板结了，心却要温润，乡人之"癖"就是种树。田间地头自然不在话下，街头巷尾见缝插针，自家庭院的里里外外更需要好好谋划一番。按照自己的意愿栽下树苗，栽下花花草草小葱小菜，这些边边角角的"自留地"是他们精彩活着的有力证据。你看见一个男人扛着铁锹走出家门，他不一定去掘地培土，去堵口子，有可能就去自家的树旁边转一圈，修一修疯长的枝杈，揸一揸树身的粗细，顺便把路旁的一摊牛粪埋到树底下。太阳偏西，他把虚土踩实在了，然后再扛着铁锹回来。在他的呵护下，榆柳槐杨都绷着劲地往天上窜，他高兴，表面上他还是那个不动声色的汉子，谁都猜不出他心底的快乐。

树是村庄的另外一张脸。生为阳，死为阴，在风水学上讲究“生”是阳气旺盛的表现。树木植被茂盛的地方，感觉格外有生机活力，格外让人舒坦。树长得直溜挺拔，主人的腰杆也硬气。树长得葱茏，这一户人家的日子就显得格外精神。相反，整个村落里连一棵像样的树都找不出来，嫁闺女找媳妇，这样的村子是坚决不考虑的。连一棵树都长不好的地方，人活得有多么憋屈！有树木就有了生机。树上藏着各种各样的鸟儿，从早到晚的鸣叫声让人觉得热闹。树下鸡鸣犬吠，老母鸡咯咯地领着一窝小鸡雏在太阳底下啄食，那些绒团团跟杨花柳絮一样，毛茸茸，圆滚滚的。“门前一棵槐，有财自然来”，新房子盖成，讲究的人家大门前一定要栽棵槐树，逢年过节，还要贴一张“出门见喜”上去，准备迎接生活随时可能赐予的惊喜。院墙外栽高大的树，它们容易成活，用不了几年就能苫蔽房顶，洒下一地阴凉。柳树，桐树都是首选。当门的位置，栽下一棵苹果树。结不结苹果不要紧，每个春天都能开出一嘟噜一嘟噜粉红的花儿来，推开屋门，一树粉红让人看着火火腾腾，心情舒畅。假如堂屋盖好，剩下的砖头不够砌墙的，就栽一溜树，权当最初的篱笆。合计了一下，男主人栽了几棵洋槐。这树长得快，不挑肥水。果然，几年下来，院子里的梧桐高过了房檐，叶子干净挺括。洋槐和柳树各自成荫，再长长，盖厢房的檩条就有着落了。女主人还在一旁的宅基地上种了几畦青菜，篱笆上爬了豆角，场院边上点了几棵南瓜，这样整个夏秋两季的青菜就不愁了。菜畦边上还种了半分地的棉花。每天下地回来，她钻进厨房忙活出一家人的饭食，月亮就升起来了。趁着明快她又钻进棉花趟子里，掐杈子，打花心，捉虫。干这些活都是零打碎敲的工夫，牺牲掉的是她的休息时间。她攒着，省着，把零碎工夫和心思一点点投进去，零存整取，到了冬天，一家人的棉衣和女儿的新被子就有了。日子就这样长长久久地谋划出来。

二

四月的天也攒着，聚着，等候一个孩子的欢呼响起。

米白色的花儿如同宁静的月光，在阳光不曾降临之前酿制一种属于春天的季节病。也许是一种忧郁，也许是一种躁动不安或者茫然失措，存放在叶芽里，存了一个冬天。四月的阳光照到树梢，寄存的情绪终于被催醒，最终发酵成了甘甜，在某个清晨去唤醒孩子的味蕾。在矫健和轻盈还属于童年的时代，乡下的女孩子也能轻易地爬上大树，攀上房顶。我喜欢把头扎在槐叶丛中闻那香气，新鲜的花香浓郁到可以触摸，可以大口大口吃进肚子里。童年的记忆中，给我感官印象深刻的，除了稻田的香气就是树木的香气，只要闻到这个味道，就有说不出来的安宁和快乐。洋槐花的花蜜藏在花芯处，米白色的花朵莹白如玉，“羊脂玉”这个词应该是贴切的，可惜它们没有香气。挑选花蒂的颜色泛着黄褐色的槐花是最好吃，味道超过其他类型的槐花。年纪小一点的孩子仰头在树下等着。树上的吃个差不多才开始往下扔。母亲也在树下等着，一边提醒着树上的孩子加小心，不要被洋槐的刺扎到胳膊，一边把地上的花枝收拢，采下花朵放进篮子里。

早餐的香气是洒进厨房的第一道光。烙槐花饼是一个技术活，尤其是发面的槐花饼。死面饼虽然出锅快，但是怕对孩子的肠胃不好，母亲被嘴刁的孩子逼成了高手。发酵好的面团略微带一点酸味，母亲把它们揪成一个个面剂子。槐花清洗干净，用笸子沥去了水分，放在盘子里备用，有时是纯粹的槐花，偶尔会磕一个鸡蛋，洒点细盐，搅拌均匀。发面饼擀皮是个技术活。擀厚了，香气出不来；擀薄了，在锅里一翻个，里面的槐花馅就会漏出来。要不薄不厚，刚刚好地包裹住那团花朵。厨房是一家熏得最黑的地方也是最亮的地方。灶膛里，明亮的火焰舔着锅底，母亲一边往里添柴烧火，一边用铲子小心翻动，翻看饼的成色，不长时间，灶间就弥漫出一股香甜的气息。铲出来的槐花饼放在盖垫上晾着，这一家的三个小馋猫早就迫不及待地一人抢了一个跑出去，母亲的叮嘱声从身后追来：“别烫着，一个个急嘴子！”槐花饼，真好吃啊，又薄又脆，有一股地道的槐花香气、麦香气，暖洋洋香到心底。

在鲁北平原，整个槐花飘香的季节，随便走进一户人家，可能都会在餐桌上见到槐花饭、巴拉子、槐花饼，讲究的人家还会捣几头新蒜，蘸了蒜泥吃，胃口格外好。晒干之后的洋槐花可以用来冲泡槐花茶，整个夏季，它们被存放在一个铁皮盒子里，放在大衣橱的顶上。有客人来，先要踩着凳子去够那个橱子顶上的铁皮盒子，“砰”一声，随着盖子的打开，一股熟悉的茶香混着槐香的味道扑鼻而来。依照客人的喜好，泡茉莉花茶还是槐花茶，一杯热茶，是贫寒人家待客的基本礼数，有调着花样的好吃的一起分享，也是乡村的诚恳。

三

吃完晚饭，大家习惯拿个马扎坐在院门口歇凉，有蚊虫，所以必须拿把蒲扇扑打着。那时光景说来如同做梦，天上有星星，地下有流水，中间一群与世无争的人，有的坐着，有人拿了一领蒲草席子半躺着。梧桐花谢了，洋槐花谢了，叫油子咯咯咯地拖长声音鸣叫。葫芦开着白色的花，草木的气息润泽着村庄，正是方便讲古说今的时候。乡人说话都喜欢扯着嗓子，不习惯细声细气。生存于天地之间，为了良心说话，也就没有那些小节的拘束。虽说村里的人家都是小门小户，多少有几个喝过墨水的，有几个跑外“赶脚”的，他们从书本上，从生活中比一般庄稼汉多了见识。当白天的辛劳过去，这一刻说笑打趣逗闷子，连性情拘谨的人也松开了眉头，对孩子们的管束也不那么严厉了。

“问我祖先来何处？山西洪桐大槐树。问我老家在哪里？大槐树下老鸹窝。”这是第一次听到有关村庄起源的介绍，暗夜的星河在头顶滚滚奔流，生平第一次感觉有神秘的力量昭示指引，指引着血脉中的某种东西扯向传说中的故乡。槐树，怀念。想象我们的先人一步步远离故土，带着简陋的行李，一步三回头地离开故园，然后风雨漂泊，种子一样的在黄河滩上扎下根来。每当到达一个新建村庄，他们都喜欢在最显眼的地方种上一棵槐树，以此表达对移民活动的纪念和对祖先的怀念之情。新槐长成老槐，那一棵棵散布在鲁北大地的槐树成为他们精神上的皈依和寄托。另外一个说：“咋不是，我去陕西，那边大牌子上印着‘三槐并茂’，有些院子就叫‘槐荫山房’，那可都是出大官、出大贵人的地方。”这样的一番话落地，引来人们的一些赞叹。这一家的男主人没有插话，他看看自己家门前的槐树，看看身边跑着笑闹的儿女，心里暗暗地打定了一个主意，这个主意是关于未来的，他还没来得及跟妻子商量，但是心里已经开始攒劲头。

树大合围，必出贵人。儿女上了学，每一年的八月十五或者过年，男人必然要把村里学校的老师请到家里来做客，摆一桌丰盛的菜，买上好的酒，恭恭敬敬请先生对自己的儿女严加管教。先生被让到“上席”，有时叫上一两个陪客。男人不善言辞，虽然只上过两年小学，可是不想让儿女短了学问。老师让买课外书，他就骑车到十几里外镇上的代销点去买；学校里要求勤工俭学，他就领着儿女去野外打草，割蒲子，一一教给方法。每个早晨女人也早早叫醒睡梦中的孩子，夜里，督促他们写作业，听他们摇头晃脑地背诵课文。傍晚时分，忙完了一天的活，搬个凳子坐下来歇歇，在梧桐树荫下，紫色的花朵落下来，孩子们琅琅的书声常常催开他们额头的皱纹。过年时的一张张簇新的奖状也成为这个贫寒之家最值得骄人的物件。树们一年年长起来，那几年从村子里走出去的学生也多，一茬一茬，中专生，大专生，研究生，“和睦村”走出来的学子似乎成了一张响当当的名片。这一家的女儿也在某一年跳出了农门，成了端上“铁饭碗”的公家人。透明的心底，折射出的第一道光影便是父亲干活的轮廓。多年之后回望父亲平日一锨一镐的耕耘，那份勤勉踏实，依然让她受益终生。

一方水土养一方人。走出村庄的人回头来看，发觉故乡的人最大的特色之一就是犟。清一色的牛脾气，凡事爱钻个牛角尖，为了一句话，两个人可能吵架吵到脸红脖子粗，即使亲兄弟，也可能因为一点点小事而闹到多年不搭腔。那种死不开窍的，我们管他叫“榆木疙瘩”，那种特别耿硬的叫“槐木橛子”。榆木疙瘩虽然不开窍，可是做家具的时候还能顶用，槐木橛子就不行了，不抓钉子，也难上胶，现在的木匠们都绕着它走。“槐树不上房，苦楝不做床”，这耿硬的橛子除了让人生气外，真还派不上大用场。就说这个“耿”，有啥说啥，心里咋想就咋说，不会拐个弯，不会变通。比如为了不占公家的便宜，打算盘打一夜，也要把一分钱的账目对齐了。为了一分钱的小钱，熬得双眼通红，这是何苦？“硬”就是硬气，敢于得罪人，哪怕是自己的上级，也要争一个理儿。大喇叭里村支书喊过的事情，他觉得不对，就敢跑到村支书家里去辩理，也不怕将来给自己小鞋穿。假如你好意劝劝他，他可能梗着脖子反问：“为着良心说话，怕什么？”

不光耿硬，他们也热情善良，见不得穷人，见不得苦人。尤其是母亲，家里来个讨饭的，常常把新蒸好的馒头给乞丐，自己吃陈干粮。村里谁家有个三灾八难，大家伙一起凑份子，三十块，五十块到几百块不等，渡过眼前的难关再说。这一户人家坐落在村庄最东边，再向东没了邻居，油漆路也到了尽头。凡是下田劳作的，临时想起缺东少西的，都喜欢到家里来借。上学路过的孩子们，下雨之后也常把车子放在这户人家，等散了学，道路干爽了再骑回去。男主人下地回来，把孩子们寄存的车子推到干爽处，用钩子把瓦圈里的泥巴一点点抠出来，车胎瘪了的给充上气。学生娃们放学回来，喊他一声“大爷”，他就知足了。

村庄里最常遇到的是过路的，干渴的讨水喝，迷路的问路。走路累了的，让到槐荫下歇歇脚，有一搭没一搭地聊几句。

哪个村的?

小董家的。

哦，村里有个董金泉你认识吧?

认识，原先当过会计股长，后来下乡修收音机、电视机。

他当会计股长的时候我们一块去天津大港参观过。

哦，那可真不远，他家里的就是我一个叔伯妹妹。

几句话下来可能就续上了亲戚。这茶水也就递得格外勤了。小善积大德。虽然讲不出深刻的大道理，虽然他们说话不太漂亮，但是他们的心肠热，像树一样堂堂正正地活在天地之间。

四

村人爱树。除了爱惜自己千挑万选的树，对那些野生的，雨生的，粪生的苗木，也有一分怜惜。不管是鸟叼来，兽类肚腑中还没来得及消化的，只要落地生根了，只要不碍事，那就任由它活下去。施肥的时候，多抓一点，浇水的时候，多灌一瓢，有别人吃的，就有它吃的，没娘的孩子得多给一口饭吃，自己心里才过得去。

这家的男主人是个大忙人，如果天气好，儿女们就很难见到他的身影，因为他是个党员，生产队里的事情总比家里的事重要。生产队长，虽然是个芝麻大的村官，却也关系到全村 150 多口人的命脉。春耕、夏锄、秋收、冬藏，还有全村的副业、基本建设，全在他的号令下进行，甚至谁家夫妻吵架、谁家红白喜事，都少不了他去做主。难得狂风暴雨让他在家安静地待上一天。风雨交加的时候，儿女们关好门窗，心神不宁地望着外面恐怖的乌云、暴雨和狂风。幸好他在一边若无其事地干一些家务活，修补房屋、收拾农具、编织苇席。好像没有他不会做的，两只粗糙的大手，却能编织很细密的苇席，那些苇篾子在他的手里，像一群乖巧的小兽，在他的指令下，乖乖地各就各位。

记得是一个风雨大作的夜晚，厨房的塑料纸“砰”的一声响，似乎是什么东西坠落下来。本来就是令人恐惧的风雨之夜，这样怪异的声音更让我们的心都提了起来，汗毛全都炸起，耳朵指向那奇怪的声音。父亲不紧不慢地放下手中的活计走了出去。昏暗的灯光中，父亲那模糊的背影是那样高大，足可以挡住一切外来的恐惧。

我们趴在炕上，大气都不敢喘，一种莫名的恐惧夹杂着兴奋燃烧在空气里。似乎是漫长的等待之后，父亲进来了，搓着两只手说：是一只鸟，个头好像不小。炕上一下抬起三颗乌黑的头颅，六只眼睛瞪起来了，父亲继续淡淡地说：“野的，抓住了也养不活。明儿天好了，自个就会飞走。”炕上的头陆续低下去。

父亲若无其事的神态，让我们都安静下来。父亲睡了，我们却一直惦记那只大鸟，竖着耳朵在风声雨声中分辨大鸟的异响。

第二天早晨，我们打开厨房门，柴火堆上留下了几根羽毛，那只鸟已无踪迹。我轻轻地拾起其中的一根，仔细看这支羽毛，想象那只鸟的样子：这是一根半尺多长的羽毛，弧形的羽干很硬实，根部毛茸茸的，前端结结实实，应该是一只巨大而勇猛的鹰隼，它好像是在风雨的淫威下寻找一个避难的场所，是父亲容留了它，又在清晨打开大门，放大鸟一条生路。也许是对父亲的善举的回赠，大鸟留下了羽毛，我和哥哥各自收藏一支。

有时，也有陌生的路人被风雨逼进我家，父亲像照顾兄弟一样照顾他们。记得有一个避雨的人带着一股寒意被让进屋里，落魄的样子，让我想起那只闯进我家避难的大鸟。父亲让他擦干头发上的雨水，换上干爽的衣服，两个人就在堂屋的方桌的两端坐下，天南海北地拉话，一根接一根地卷着旱烟，喷云吐雾地抽着。偶尔有椅子的咯吱声和咕咚咕咚喝水的声音。我很想听听两个陌生的男人之间会说些什么。我打起精神，侧着耳朵，好像张开一个大布口袋一样等着他们的消息。可是零星的词语无法串成完整的意思。他们压低了嗓音，生怕被人听了，很像电影里的地下党接头。

早晨，我们起来时那人已经走了。没有像大鸟那样留下羽毛，只是满地烟蒂，似乎是整夜未眠。

鸟巢一样的故乡白天放飞多少只鸟儿，夜晚就能收容多少秘密，游子村人，跋涉千里，天涯赶尽的时候，这里是可以息心的庇护所。

五

身姿矫健的童年属于风筝，属于乔木，属于云朵，从天上降落到人间的过程中，童年一天天远去。直到身边的孩子喊“妈妈”，才把我从怅惘中拉回到现实。多少年过去，窗外除了风霜，仅剩下挂在枯枝上那只一瘦再瘦的风筝。村庄被岁月压弯了腰，坏消息大多通过一根电话线传来，亲人入院，老人去世，琐碎纠葛引发纠纷，一双双泪眼等待你去安慰。在一次次狼狈的往返中，草木凋零，亲人的骨骼还给泥土，眼睛还给天空。后来人不识，那颤巍巍走到墙根下晒太阳的人，那个吃罢了晚饭就呆坐如同石头的人，那个歪在躺椅中连一句话都不能完整表达的人，当年走出村庄时，两只大脚板也是踢踏有声，跺一跺脚，街口都会发颤。他曾经牛一般地拉车，铁塔一般的身子拉着一群儿女，掌舵掌得稳稳当当，不让一点风雪打到儿女的身上。

灼灼的花开了一春又一春。故乡的面貌也在悄然发生着变化，从电话线里陆续传来一些令人愉快的消息：六十岁以上的老人有养老金啦，土地流转不用再下地就能领钱啦，村前村后搞环卫一体化变得干净啦，这些消息让她的心里温暖着，敞亮着。电话线那头的人，骨头继续变硬，但他说只要身子还能感觉到疼痛，就是证明自己还活着。活着多好，可以吹到春风，淋到春雨，可以让儿孙推着去看那一亩一亩的槐林。当年，这个老党员工作战斗过的地方，而今被改造成了一片湿地。当年的泄洪渠的轮廓还在，它像一条长龙横贯东西。在河流的两岸，万亩香花槐齐齐整整地开了，一朵朵，一穗穗，香甜的槐花挂满枝头，那花朵灿烂如同云锦，连绵起来形成一条花朵的长廊。当地人扶老携幼，外地人慕名而来，走进这一幅生机盎然的画轴里。在花香中漫步，阳光照进心底，他想起那一年唱着进行曲去上学。那一年，坐着马车带着铁锨和镐头去整修京津区域的另外一条河流，劳动的号子比枪声还响，响彻云霄。此刻，他的骨头比北风还硬，头颅比槐花还白。

从村庄走出去的儿女进了城，有的去了更远的地方，有的偶尔回来看看，有的就永远扎根在异乡。工作，生活，养育儿女，再没有回来过。只是每个梧桐花开的日子，他们会怀念父亲，每个洋槐花飘香的日子，他们会怀念母亲。每一个深夜难眠的日子，他们会怀念那个被槐林拥抱的小小的村庄，想起那些不太会说漂亮话但心肠温暖的村人。他们也会怀念那些陪伴他们长大的树。槐林深处，隐藏着他们童年的惆怅，掩埋着那些闪烁着晶莹光泽的小小的疼痛和秘密。那天晚上她做了一个梦，听见娘站在胡同口拉长了调子呼喊她的乳名。声音真切，如在耳畔。她赶紧答应着跑回来，父亲也从家里走出来了，不知道说了一句什么话，俩人都笑了。她也跟着笑，忽然就醒了，感觉脸上凉凉的，一擦，全是泪。

后　记

在黄河滩观察和记录草木的日子是幸福的。

我从小在农村长大，那时候，乡间的岁月缓慢而温情。草木在我的成长过程中充当了十分重要的角色。柳条发芽不久，园子里的杏花就开了。这棵杏树本来是雨生在河滩上的，后来父亲帮我把它移栽到了园子里。杏花开了，一树的粉白，在村庄青灰色和褐色的深沉背景下，这一树杏花显得格外明亮。我喜欢凑近它们闻一闻那幽香。尤其是在月夜，看到枝头挑着的那几朵，触摸到它们薄薄的瓣子，心里怀着一种说不出来的怜惜。

清晨醒来的第一件事，是去给鸡鸭剜菜。被母亲从睡梦中叫醒，提着竹篮走向田野。喂饱了鸡鸭，我们才能吃饭，饭后下田的下田，上学的上学。傍晚回来先要去给牛割草，喂饱了牛，才轮到人安心吃饭。自然在造就万物的同时，教会了它们各自的生存秩序和法则。

我们醒在鸟声里。麻雀是家里的常客，燕子按照季节飞去飞来；只要抬头去看，小学校的屋脊上时常发现野鸽子的身影。割麦时节，布谷鸟的叫声拉长了白天，而夜晚，则是虫声和蛙声的天下。九月份的黄河滩时常有大雁经过，粗粝的叫声在暗夜里听得格外清晰。我也常常想起另外的一幕场景：夏日傍晚的野姜棵上，停歇着金龟子。葫芦藤沿着院墙爬到高处，叶底开着柔软的白花。一朵，又一朵，那是落入凡间温柔的星星。

泥墙外就是广袤的田野。由此向北，密密匝匝的树林遮挡了远望的视线。每个春天，树丛闪现出特有的光泽，似乎听得见新生的血液在脉管中流动。沿着沙土路爬上高高的黄河大堤，看得见大河奔流，沙堤如浪，蜿蜒起伏，我在河边一坐就是大半天。有时候和伙伴们嬉闹，追逐，探询，快乐得如同一阵风。

爱默生说："一条河流就是一条永久的画廊，每个月它都会推出新作。"在黄河滩行走和记录的日子，我时常觉得自己是个幸运的孩子，脱离了日常的、预设的轨道，如同鸟儿回归了山林般亲切。写作永远是一项孤独的事业。当一个孩子从田野走来，走过树林，他的脸上会有了一种沉静的光泽，我相信那是草野的馈赠。一株草，一棵树，靠近并且聆听它们，不仅仅是生存的必须，也是一种精神上的滋养和洗礼。它让一个孩子在绵长的生命旅途中，有了安抚自己孤独的武器。

初稿完成，2017 年 9 月 8 日于滨州。

二审，2018 年 3 月 28 日

定稿，2018 年 8 月 26 日